與我平行的時間
張惠菁

目次

輯二　地圖與博物

輯三 路徑與標記

自序

與我平行的時間

正走在往朋友家的路上，忽然下起雨來。

那應該是，某個尚未來到台灣、還在生成中的颱風影響所致。是颱風前導的天候。天很快地黑了。我盡可能走在有騎樓的空間裡，讓自己不要在抵達朋友家之前，就被淋得一身濕。爬上四層樓，朋友打開門招呼我。燈光從門內透出來。我聞到檸檬、芫荽、酪梨、和肉醬的味道。

像這樣的時間，感官忽然飽滿，在我心裡留下一個銘記。

這本書中的文章，陸續寫在兩、三年前。尤其第一輯的「偶師與偶」，是二〇二二年應孫梓評邀請寫在《自由時報》副刊的專欄。

近幾年，我過著忙碌的生活。梓評找我寫專欄的時候，我在出版社的工作量很大，有點擔心自己不能規律、按時地交稿，給他造成麻煩，但還是被他說服了。有一個週末早晨，我起得很早，出發去北埔，途中忽然覺得體內有點什麼正在醒來，從足脛骨上傳來清晰的知覺，好像我也可以開始用那個部位思考。我感到一種奇異的、陌生化的過程正發生在我身上，好像我不再是我以為的那個人形單位的自己。好像此前代表我發言的我，終於看到了默然沒有發出聲音的另一個自己，其實也存在，其實也有生命。我似乎知道，那足脛上的感覺，它是一些被存放的記憶，它是不被採納的自我方案，像是一種不同意見書。進入淺山地帶時，我在車上寫了〈機械鳥之冬〉。

大抵像這樣。我的日常中，有許多時間是有目標的。但與那些時間平行，或許還存在另一種時間。我並不是只是開會中的、寫著計畫書的、和同事溝通或和朋友聚餐中的我。有另一些我，也和那個我一起經歷著時間，卻未必在那樣的場合中說話。但它們也是有記憶的，記得一些雨的味道，走過巷弄時的忽然的憂傷，抬頭看見淺白色的清晨月亮。

後來那天，在充滿著墨西哥菜香氣的空間裡，好友說起她最近的工作狀況。她既是藝術史學者，又是研究所所長，經常同時多工處理很多任務，她說，感到眼前像是展開好幾條隧道，有的已經走到看得見光，有的還沒。我覺得這個譬喻十分有趣，吸引著我。我也常有這個感覺。或許在我們這種人類身上，時間不是單一的線性，是生態系。那麼借用莫席左的生物編織概念，這樣平行存在的許多時間、許多個我之間，是否終究會發生編織？或許這些時間的隧道，並不彼此隔絕。與我平行的時間、我在匆忙中顧不上傾聽的某些聲音，也還是存在。待某一天，忽然清晰起來，熟成，啟動了編織，和另一些意識整合在一起，像在那個前往北埔的早上。

這本集子中的文章，我希望它們是在，向自我以外的自我、向時間以外的時間敞開之下，所寫成的。現在的我這樣看待自我，以及時間：我們既是在此刻的意識裡，也是在無數意識不到的世界裡；既是走在一場雨中，也是走在一個成形、變化中的颱風外圍環流裡。時間不僅是線性向前，也可能在各個方向發生著整合。人生的歧路不可思議地多，尤其對像我這樣，曾經因為無能為力，而靜置了一些隧道的人。時間帶來整合的時刻——與感官，與回憶，與過去或未來。當那時刻來到時，或許也無須多言，只是如同發生了一次尋常、但歷經多時的相遇。

謝謝這本書中所有文章最初的邀約者、日常與我一起工作和相處的人，以生態系的方式，和我一起經歷著，我那有著許多臨接面的時間。謝謝梓評。謝謝我的藝術史和歷史好朋友，慧紋、毓芝、靜菲、淑津、士鉉、長谷川正人。我曾經在故宮工作四年，不時有人會問起我在那裡工作的經驗，我覺得最大的收穫，就是透過那四年，直接或間接認識了這些好朋友。和他們在一起時，我經常能夠經歷不同的時間質感。謝謝這本書的編輯瓊如。我的文字和時間四散在各處，如果不是她費心將這些文章收集在一起，並且說服我出版，就不會有這本書。我不知道出版這本書是否有意義，但願把它開放給時間，讓它擁有它的相遇。

註：這篇文章中，提到莫席左的生物編織概念，是指巴謫斯特．莫席左（Baptiste Morizpot）在他的書《重燃生之燼火：在人類世找回環境的自癒力》（林佑軒譯）中所談到的。

輯一

偶師與偶

機械鳥之冬

長久以來囚禁在我體內的機械鳥醒來了。

在左脛骨位置，於我這個人類的時間之中，出現了它的意識。

我越過體內亂葬的山形觀望它。它回望我以碌碌的圓眼睛。

起初它保持不動。僅以意識的在場讓我覺知。那意識微細而分明，忽然地出現了。某一個時刻之前，它不存在。某一個時刻起，它存在。僅此而已。是否此世間所有的生物也都是如此？在受孕、或細胞分裂的時候，忽然地，從零切換到一。存在即時間。存在是時間的一次覆寫。

既已存在，我便再無可能忽略它。也無法加速它。有很長時間它毫無動靜，彷彿需要時間開機的電子裝置。漸漸它不只是意識。它有了動作，它試圖展動，它啄理生鏽的翅翼，吱嘎出聲。它在適應著，適應那在它不存在的時間裡，被靜置凍結的，物質性身體的物理極限。

我想我需要去到多霧的地方放生它。正好名喚北岸荒地的地方召喚我，於是我去。在清晨搭上了巴士，巴士開上了公路，又盤上一段淺山丘陵。到了在山間的這個聚落，我下車。北岸荒地已經不荒。那地名是將近兩百年前的視角留下的暗記。那時，這地方在移入者眼中，還是一片——在山的中間、河的北岸，待開墾的小塊平野。或許不至於是荒地，但是是平地，待墾之地。那時他們用自己的語言、將這塊地方重新命名的方式，其實是它的操作型定義。荒地會朝向田，或者梯田演變。原來住在這裡的原民會離去。北岸荒地這個名字，只是一個在時間裡暫定的印記。

天氣略涼，人潮漸漸聚集。這裡現在是有幾千人日常生活的聚落。我以為會遇見的霧並不來接近，隱身在山的那一邊。然而即便如此，我體內的機械鳥已經感受到霧的存在。它在側耳傾聽，舒張著自己。它在打開，在呼應，探測一種於語言和暗喻的瀰漫性空氣水分子中展翅飛行的可能。

於是我想起來了，這隻機械鳥——它是我靈魂中的急驟短促。我曾靠著囚禁它之力，搶渡過多次人生的急流。如今它運轉，動作，擁有意識，朝向更遠處的神經束傳輸訊息。它撲動身體，準備飛行，重新演算航道與邊界的位置。而憑藉它這一切窸窣的動靜、它的醒轉與連結，我獲得回音般的照見。原來如此。我也是被囚禁在、或位處於，一更為巨大的存在或身體當中。已經很久了，從此刻開始。

機械鳥離去時，我的腳踝獲得了新的意志。

開往亞洲的快船

書中的那位女士，活在十八世紀。

她用十八世紀的手寫信，十八世紀的胸腔歎息。她移動她那十八世紀的身體，踏上巨大的木造船艦，船桅上飄揚著不列顛的旗。那時，不列顛開始出現在地球上各個地方，以一個帝國的模樣。打完一場七年戰爭，在孟加拉發動了戰役，在澳大利亞登上陸地。不久之後，馬戛爾尼就要到北京，帶著一大群人，還有天文模型、鐘錶、瑋緻活瓷器，走進乾隆皇帝的朝廷。那年太空中一塊巨大的黑色石板，偵測到奇異的、人耳不可聞的聲波，叫做兩個帝國的語言歪斜地碰撞在一起。

書中的那位女士，她知道一些，不知道一些。她知道她搭乘的船，在直布羅陀外海被攔截，她被帶到摩洛哥的蘇丹面前；她不知道她原來是一位外交人質，蘇丹在向不列顛政府表達怒氣。等她回到倫敦，結了婚，生活在市井之間，她知道報上寫著英國東印度公司的進境，法國人被趕出了印度；她不知道歐陸戰爭過度，阿姆斯特丹銀行爆發危機，曼島被英國王室收為領土，熱內亞缺糧，丈夫在歐洲的生意即將崩潰。她知道丈夫投資佛羅里達；她不知道他的資金撐不到最後。她知道丈夫破產後的再次一搏是去印度；她不知道他會不會成功，會不會回來，她帶女兒搭上開往亞洲的快船，即將去到的是個什麼樣的地方。然後，過了兩個印度的雨季，她知道她病了，知道她想要離開丈夫，一個人去旅行；她不知道她能活多久，就去了內陸，沒有不列顛女人曾經踏足過的地方。

她從書頁裡抬起頭，我覺得她看向了我的方向。我告訴自己，她不在這裡，她不是我。但依然，我感到了那股窸窣，微微的風，從她的世界吹到我這裡來。有時是海風，帶著鹽分，熱而黏滯。有時是山谷乾冷的風，與無法理解的唱誦。

我在觀察，在提醒自己，是不是太過同理了一個十八世紀、乘快船抵達亞洲的女人，其實我是不可能完全了解她的。但是我記得自己，在報上看到廣場上的血，知道柏林圍牆倒塌，不知道即將而來的世界。知道我在紐約街頭，尋到一家素食小店喝了熱湯，不知道世貿大樓將要倒下。是這樣，知道眼前一點正在經歷的事，但不知道自己受著什麼更大力量的塑造，卻又在其中渴望自由，使我感到她就是我，如同或許你也會覺得，我就是你。

書中的那位女士，她並不抬頭望。她只是走到了，我們無數人的時間像天體一樣重疊的地方。

註：這篇文章中所說的女士，是歷史學家琳達・柯利（Linda Colley）一本絕佳的微觀全球史研究中的主角：伊莉莎白・馬許（Elizabeth Marsh）。請看琳達・柯利著、馮奕達譯的《她的世界史：跨越邊界的女性，伊莉莎白・馬許與她的十八世紀人生》，這本歷史著作比許多小說更精彩。

自我的黑天鵝現象

納西姆．尼可拉斯．塔雷伯說，人類一開始以為，天鵝都是白色的。直到有一天，他們看見了一隻黑天鵝。

看到黑天鵝、出現黑天鵝，顛覆了人類此前的認知，從此天鵝不能再簡簡單單地以「某種白色大鳥」來定義了。從此人類對天鵝的認識才打開。要如何描述這個天鵝現象，切穿其不同色彩的差異性，而連貫出其中的共同性？在一段時期的定義混亂後，從中浮現的，或許是一種新的描述維度。而新的描述維度，被建立起來時，又將供應未來新的直觀。直到再一次認知被挑戰，再一個維度被打開。

白天鵝是多數事件，黑天鵝是少數事件。人們在沒看見少數事件前，自以為掌握了事物的全貌。但是一次例外的出現，就足以顛覆認識，於是我們發現，之前自認知道的一切，不過是從過往經驗累積而來的……是曾經「所見」、曾經「所知」的累積。在那之外，本來就存在著更大的「未曾得見」、「尚未得知」。宇宙尚未撞擊我們以它隨機的彗星，我們因而無由得知在那黑暗中航行著如是的星體。

「黑天鵝現象」經常被用來描述某些外在的偶發極端事件。比如九一一，比如COVID-19或其他忽然爆發的疫情，沒人想到會發生，但它就是發生了。發生時顛覆了人們的常識。但是，發生之後，回頭去看，它的遠因、近因，造成它如其所是的緣故，不是一直就在那兒嗎？只是此前沒有進入到我們的視界罷了。

「自我」恐怕也有黑天鵝現象。

我們有種種定義自我的方式：星座，命盤，職業，社會角色。我們有種種對「我是一個怎樣的人」的認知。這當中有正面的表述：一些出門的裝扮，一張歡樂聚會的照片，哪年去了哪裡的紀錄，臉書跳出的回顧，「這就是我」。也有從反面來定義的邊界：「我不會那樣做的」，「那不是我」。

我們很少用「黑天鵝現象」來思考自己。這些我們能夠認知、能夠框定範圍的自我，這些我們為它做論據，推演其始末，深覺有理、很準的，或許都出不了白天鵝的範疇，是自我在這個世界上、到目前為止，有機會顯現出來的模樣罷了。倘若被置入完全不同的處境，我還會是這樣反應的嗎？比如面臨更極端的困苦、孤獨，或更無邊的豐盛、安全，會令怎樣的我顯露？又或是，此去再無人相對，再無一張鏡子，無一個世俗的標準，被拿來放在自我的對面，那又會如何？或被拋擲到宇宙，到異境，到時間被彎曲重疊的次元，存在如回聲般的所在，在那當中的，會是我嗎？

或是此地即已是那個「異境」了。這個「自我」正是某不可知存在，於某個當下此際，經歷的一次黑天鵝現象。

夜行聖母堂

我的夢中出現一座夜行聖母堂。它在河岸，在海濱。它在河川出海的岸邊，底下由水流沖刷而來的淤泥與積沙一直發生著變化，每天流動成不一樣的形狀。是什麼抓住了這座聖母堂，使它不致地基坍塌，傾頹沒入水中，我並不知道。當然你可以說，那只是因為這是個夢。

名為夜行聖母堂，也在夜間開放，彷彿此地的聖母是在夜間出來行走，在夜間照看那些無人眷顧的人。那是行船人，傭工，娼妓，受傷的，生病的，無家可歸的人。在營生的空檔，或無以為繼之時，茫然於之前與之後，彷彿短暫卡入空隙。苦是連綿無盡的。空隙只存在下一波更大的苦湧上來將自己淹沒之前的間歇。或許就是在隙裡的人，可以看見這座夜行聖母堂。

也可以走進去。在那沒有太多裝飾的四壁之內暫止。外頭的世界留在外頭，內裡安靜無聲。木頭長椅上零落地坐著幾個人，各自選擇的座位互有一定的距離。沒有人互相靠近。身上負載的苦需要空間。於是只能是自己與那看不見的，聖母巡行之間的關係。房頂很高，在大部分的教堂。偶爾有人開門進來，門扉移動發出匡噹的回音。在這空間之中，靜靜坐著，那些苦之隙中的人。

我知道這樣一座聖母堂為何出現在我夢中。連續幾天在身邊有這樣的話題：首先是揚州八孩的母親。被以鐵鍊鎖身，不知道來歷，不知如何生了八個孩子，政府和那戶的家長口徑一致，只有她是不被好好當做一個人來考慮的異鄉者，工具性的物。那個下午我坐在朋友的海洋生物研究室裡，我們聊起張愛玲的《半生緣》，讀過多年之後，還是覺得那是好可怕的故事，顧曼楨被姊夫和姊姊囚禁，為姊夫生子。這本小說中經常出現的一個詞彙是「清白」。故事的開始，妹妹顧曼楨是「清白」的，姊姊顧曼璐不是。但姊姊顧曼璐在還沒為家計下海前，也有過「清白」的時間，而後來顧曼楨也一起「不清白」了，所以清白不是一種品質，是一個時態，只是一種尚未落入這羅網般的世界前暫時的位置。接著又有吳念真講的條春伯的故事，礦村人家讓長女去酒家工作養活弟弟，母親拒絕讓長女被贖身，總是「再兩年」、「再兩年」地推諉。想為長女贖身、娶她為妻的男子專程來訪，失望而歸，歸後寫信給那母親，信中似乎表達了「虎毒不食子」的憤怒。條春伯在為不識字的母親讀信時，過濾掉那憤怒，讓那母親以為這名男子還是感謝的——因為現在什麼也做不了，只能在語言上為未來留一點路。

這些，有虛構的，有過去的，有現在的，真實的。有赤裸裸的奴役，有親情的擺弄、有社會的共犯或無力。這些連綿不斷的苦。潺潺地流動著，如沙上的河。我知道這是一個補足的夢，在隱喻中完成現實中曾經缺失的。夢中打開一間隙，沙岸浮洲上出現一座夜行聖母堂。

掙脫

台北很常見的巷子，三、四十年屋齡灰色混凝土的公寓背面，經常是牽著管線，架著冷氣的主機，有洗衣機，鐵窗，還有曬著的衣服。有陽光的假日下午，它們總是顯得特別安靜。這些不規整的事物，不會被放在屋子的正面，會放在背面。下午的陽光會照著它們。它們會投出不規整的影子。對一座城市而言，這些是溢出來的東西。

晴朗的假日午後，光和影子不為什麼而存在，時間不為什麼而經過。這時，有人掙脫了些什麼。有人察覺另一個人正希望她說某些話，做出某樣表情。她不去反應。她從那期待掙脫了。有人在空中的發著亮的灰塵之間，看到從自己流汗運動後的身體有熱氣冒出，這是有可能的嗎？她的視覺已經變得這樣微觀，而她剛剛看著一些熱氣的分子掙脫了自己的身體，像一個夢境那般略縈繞之後消逸。假日下午發生了這些微型的掙脫。花粉從蕊心掙脫，聲音從樹梢掙脫。影子偏移了，從剛才的角度掙脫。光線掙脫，到了剛才照不到的牆上。

誰可以掙脫一個名字？舉世的人都說，「不要忘記自己的名字。」請千尋不要忘記，也請白龍不要忘記，忘了也要找回來，因為沒有名字的人會忘記回家的路——我們會相信這些話，因為人其實是半自願地被綁縛，綁縛在名字，關係，居所之中。因為社會性的存在需要這些，需要角色，責任，義務，需要被需要。誰可以掙脫這些？

即使很短的時間也好。像打坐的人掙脫連續的思想。從以為不可變、不可放的事物掙脫。今天就是這樣的日子，現在就是這樣的時間。

有人在受傷之後不再長大。今天他可以掙脫受傷的記憶，他也可以掙脫長大的概念。有人為自己的行為舉止設下標準，做為父親，做為母親，做為長者，做為晚輩，有習慣的對答方式，樣板的情緒，這一刻他也可以掙脫。

遠方有導彈掙脫了發射裝置。有一個國家正在掙脫另一個國家的干預。有一些語言掙脫了嘴。有一些被派入他人領土的士兵，疑似把坦克開到警局去繳械，掙脫了任務。有一些壞信念掙脫了屏蔽思考的牆，正在牆外的新空間裡被證明為非。有一個獨裁者給全世界上了歷史課，讓許多人意識到要掙脫那種看待歷史的觀點。有許多武器在路上，有人掙脫了對威嚇膝反應的恐懼。

安靜的，穩定的，非我們思維所控制的，微妙而舒展的掙脫。巨大的，撕裂的，動員了大量能量的掙脫。同在一個時刻裡發生。

這些並不是奇怪的事。這些從我們所在的世界中溢出。

背耳與嬰兒

沿著背骨脊椎的兩側，長出了各一排的耳朵。它們在風中張開，傾聽那些難測的頻率。在我下方是太平洋，傳來海浪，與火車的行進。火車由遠而近，又由近而遠，交換在某個中介點上發生。

這是一條知名的古道。我行經緩坡丘陵，來到山巔，之後的路徑會直下到海面。在上山的途中，有一百五十年前的石碑。那時，曾有用漢字思考，心中懷著漢字形狀的人，來到這裡將字深深種進石頭裡，成為青苔的同類。山在生長，樹根在土裡鑽洞，季節到了樹梢又長出新葉，五色鳥鳴叫，這些是一百五十年前來到這裡的官員聽不太懂的語言。但他心想，他是一個官，是管理這裡的人，應該說些什麼，而不是聽些什麼；應該定義這裡、降伏這裡，像他的名字「明燈」照亮霧氣繚繞的地方。於是他寫了陽剛氣十足的「雄鎮蠻煙」，他想「虎」字適合風大的地方。這些字留下來了，變成山的一部分。山繼續生長著。地震的時候，樹和字和石頭也一起欣欣然搖晃著。起風的時候，虎字也開心地被穿山過嶺的氣流拍擊。

在書裡讀到，日本三一一震災的南三陸地區，在明治時代也曾被海嘯襲擊。有的地方記得這個記憶。有小村當年立下了「海嘯會到這裡，此處以下不得蓋房子」的界碑。三一一時，界碑以上的區域果然沒有受到海嘯襲擊。人類試圖留記，超過自己壽命長度的經驗，傳遞一些與變動的地景有關、與自身試圖附著其上的大地有關的訊息。有的被記住了，有的被遺忘，直到海嘯再來。泰雅族神話中，射日的勇士是背著嬰兒出發的，沿途吃的柑橘，種子都留下來種入地裡。途中勇士老去，嬰兒長大，成為勇士，代替父祖完成射日的任務。然後他們出發返家，沿柑橘樹而行，以前人種下的果實為糧，一路返回他們在襁褓中便被帶著離開的部落。

遠方正陷入戰爭的國家，有著代理孕母的國際產業。此刻懷著他人孩子的孕婦，剛出生的嬰兒，還有冷凍胚胎，都一起在當地被戰火圍困。航空公司班機停飛，孩子們法定的父母在遠方著急。這些原本一出生就會送到各國、送到他們父母家中的孩子們，現在忽然有了共同的戰爭經歷。原本在他們未來的人生、家庭的敘事之中，身為胚胎和剛出生的階段（「代理」階段）應該不是一個特別會被述說的時期，現在因為一場戰爭，這段經歷延長了，而且變得獨特。不是一個生下來就立刻被抱走的孩子。是一個與孕母，子宮，防空洞，在一個地方、與一個國家、與世界正在寫下的歷史連上了的孩子。

清明

春天的微雨日，巷子裡的老樹結了細小嫩綠的穗花，散在地上，浮在空中，行人走在植物的夢中。接近名叫清明的節氣，人去和逝者說話，為他們整理居所。

有一種想法是祭拜祖先，請祖先庇佑子孫。自從父親過世，成為逝者後，我變得討厭這種想法。可以放逝者自由嗎？有必要拿我們此世的事煩他嗎？覺得放予自由是一種尊重；覺得生前死後都被責任束縛又是何必；覺得「因為是自己的父親，所以死後必須保佑我們」的想法，是不是有點太情緒勒索了。

反過來，對動不動說「數典忘祖」的人也覺得同樣討厭，覺得這是拿祖先情緒勒索與自己同在此世的人。逝者已經化去，其變化自由超過我們想像，或許已上了另一維的高度，或許已經成佛，或許是如科幻片《星際效應》中太空人所遇見的，熠熠生光流動於五維空間的存在，微笑看著地球這小小星球在時空中變化。而執著於此生者還想定義什麼樣的行為是數典忘祖，以此教訓他人，其實圈出來的，或許不過是他自己在此世裡的計較綁縛罷了。我討厭生者如此小看逝者、小看或許早已出離超脫到此世時空之外的「前」人類。

今年母親去掃墓前，不說祖先保佑。母親說：「我去和阿公阿嬤說說話。」這我感到我能明白了。比起求祖先保佑，這是我較能理解的情感。

清早她出門前，我泡了阿里山的紅茶，她用保溫瓶帶了去。媽媽回來後說，大家按習俗供酒，她想到，阿公阿嬤不喝酒，她便供了一杯茶。

我想她竟很自然地，不僅是跟隨習俗，而是做出了一種她向逝者致意的方式。在生與死之間，竟有了這樣一次平淡湧現的、意義的迴圈。我忽然感受到當中的溫柔。覺得自己心中有一根刺被放下，收起了。

清明是春天。有新的嫩芽冒出，種子落地，蟲螽蛻變。今晚又下整夜的雨。

凌晨三點醒來，翻起手邊的書。這是拉圖的《面對蓋婭》：

「人類世的關鍵正在於此。我們並不是要一個小小的人類心智突然間被傳送到全球，因為無論如何，這球體對他來說規模實在太過於巨大。關鍵在於：我們必須讓自己鑽進、裹進愈來愈多的迴圈裡，從而逐漸經由一條又一條的線索，更恰當地認識我們的居所與大氣條件，並感受到此知識的急切性。把自己包裹在迴圈形式的感應電路裡，這種緩慢的操作即是『存在於地球』（être de cette Terre）的意思。但每個人重新學習這種存在方式。這跟『自然裡的人』或『全球上的人』毫無關係，而是各種認知、情感與美學價值緩慢而逐步的融合（全賴這些價值，迴圈才變得愈來愈清晰可見）。每通過一次迴圈，我們會變得對我們所棲息的殼膜更加敏感、更有反應。」

破曉前回到床上補眠。呼吸深到腹部，吐出，一次次空氣的迴圈。

密室的夜曲

這一天的白日結束了。我坐在夜車中，感覺話語掉落，睏意慢慢地上來了。名為「白日」的時間以一種連鎖的方式，將時刻串連在一起，也將身分首尾相銜，卡榫在一起。在我心裡總有著下一個時刻應做的事，看見一張臉孔便有應對他的禮儀。我經常想稍微改寫那連結的方式。

有一個名為岸邊露伴的漫畫角色，他獨有的能力叫做「天堂之門」，是將人如同一本書般地打開，閱讀與書寫——可以讀到這個人的記憶，也可以寫上即將發生的事。這樣的角色被創造出來，意味著漫畫家也看到了吧，在一件事與一件事、一時刻與一時刻之間，存在一種連續的流，承載著也創造著名為

「業」之物。為了斬斷那道流，他便想像一種「間歇」，使在這間歇之中，既能停下來理解眼前，也能加上書寫，改變未來的流向。他用了「書」的意象來設計這個「間歇」。確實，書本正是承載過去、與未來之物。

天堂之門的隱喻降臨我，我開始想，此刻的自己究竟是被如何「寫入」的，以致於身在此刻此地，經歷了這樣忙碌的一整天，於黑暗的車廂中疲憊漂浮。其他人又是如何被寫入的？遠方的戰爭，殺人的士兵如何被寫入，使他們拿起武器上戰場殺人？獨裁者如何被寫入，而發動了屠城？業報之流，湍急洶洶，在此猙獰世間若要成為一名覺者，又應如何寫入和反寫入？

夜車繼續前進。我忽然聽見，篤篤的敲門聲。幾乎也是同時就意識到，那聲音不從別處來，而是在我的體腔之內。篤篤的聲音一出現，這個事實瞬間便清楚了：原來，在我體內，有一個密室存在。一個長年被封存、遺忘的密室。無論創造它的是什麼，與它鄰接的肌肉、血管、神經叢，有始以來皆對它們包覆擁抱的這個祕密毫無所悉，以為存在於那裡的，不過是和自己一樣的肌肉、血管、神經叢。就如我們經常以為，在我們身邊、和我們一同搭車、排隊買東西的，也只是平凡的人，只需對應以平凡的儀節一般。

然而它不是別的，是空。那存在我體內的，空的密室現在發出了聲音。它像在敲打摩斯密碼，篤篤篤地。它的訊息便是：它存在。

現在已經出了城市。高速路上，燈光以一定的頻次出現，路燈與路燈間的距離間隔，在移動中被轉換為時間秒數，於是我們同時穿越著空間與時間。我感到在很久以前也有過這樣的夜晚，陌生的地方，夜間的行旅，公路，亮與暗的間歇。睡眠不斷地湧上來了，思想漸漸斷開，前一秒與後一秒，浮現於腦中的意象，漸漸失去我能理解的關聯了。倘若這些念頭有說得出的關聯或理由，一定只存在於海拔以下更深的意識地底。我很願意將意識讓渡給空。一種被空清洗的意願。一種被清洗的意願。一種意願。

後來在大雨之中，又一天的白天開始了。他們說是鋒面，凌晨醒來時，城市正受到瘋狂的洗滌。我起身漱洗，在心中的密室，哼著蕭邦的一號《夜曲》。

空的灰階

體內的密室出現以來，它逐漸不只是一整體的空，而開始浮現出內在的不均質。於是這個空就像一小塊海洋，有浮游生物濃淡的變化，有人造的漂浮物，有高低層的生態。而不是像一小包成分被嚴格管控製造出來的生理食鹽水。但它仍是空，有灰階的空。假設它呈現為一種九宮格，或更繁複，八乘以八的矩陣，每一格有它隨機的漸變。然而無論是九還是六十四，都只是借用文化中曾被視為有意義的數字，來給它不均質的分布賦予思考用的網格罷了。

當世界全力向我撞擊而來時，我意識到，我所做出的回應，有時只是出自密室中的某個方位罷了。而我原以為全力向我撞來的世界，原來也不是整個世界，是世界的一種變貌，或一個碎片。

有一個上午我接到一通訊息，訊息說：「你還沒死？」因為過往（至少在我認知裡），我和對方並不是會笑罵對方「還不去死」的關係，我在第一時間想，她是惡意的嗎？「你還沒死？」意味著她認為我是該死的，為何還不死嗎？或是相反的，她只是用著「死」這個看似粗暴的字眼在問候一個活著的人（但「死」又為何是粗暴的字）？或是它只是傳達了她的一種狀態，想發出訊息，但她所發出的訊息有沒有想抵達的所在，想達成的溝通呢？或是這些都無法追究，我只是遇見了，漂浮在時空中的，一抹無根的幽黯？

在訊息的那一端，其實是巨大的、我無法確知的可能性。就像一個天氣現象，背後有我們看不見的雲層變化。大氣層發生了對流，雨便滴下來了。我從體內的密室深處聽見它。空聽見著空。密室不需思考便明白了，那不是需要以字面意義回答的問題。我沒有回覆訊息。在她打電話來，一樣的問題用聲音撞擊而來時，我只是簡潔地回答：「我活著。」我想那是唯一需要被說的。像面對著一個布偶時，不需要去對布偶所展現的虛幻角色說話，應該對偶師說話。這也是對偶師的尊重。

密室中的空消化著這些訊息。第一時間對這組字詞的最表面反應，與因為返身感知自身密室中的空而看見的偶師與偶之間的關係，這些經驗又逐步消化成為空。看見我是在這樣的世界中生活行走的：表象之中隱藏有深度，有背後的空；被外境召喚的響動，成了快樂或痛；而在愈來愈意識到自己體內的空時，知道那是空的灰階變化之一種。

時間是假命題嗎？在誤執一種灰階為全部——全部的世界，或全部的自己——時，輕易掉入九宮格的其中一個方位，而進入當中的輪迴，在時間中迷走。或許所謂的命運，看似是在時間中展開的，其實都有這樣空間方位般的性質。發出響動的是哪一個方位？方位其實提示著整體。在回答我問自己的這個問題——時間是不是假命題之前，我想至少先從整體中回望時間。置身在空的無數灰階度之中，如在過去現在未來的輻輳點上，回望一下時間。

奧斯汀之幕

讀奧斯汀小說，喜歡看她怎樣慢慢地把「幕」放下來。這個名為社會的幕，在風光明媚的場景中慢慢地降下來了。這個籠罩在角色頭上，無形的價值穹頂，裡面有著權力的較勁，人與人之間比競著位階的高低，存在著鄙視鏈。在《傲慢與偏見》中，這個「幕」透過三場對話便降了下來的。首先是班奈特太太與先生間的對話，接著是伊莉莎白與珍姊妹倆的對話、賓利和達西好友的對話。這兩兩成組的對話，每一對都正好形成對比，去對發生在鎮上的一件大事做出評價。

這件「大事」就是：年齡適婚且有錢的單身漢來到本地社交圈了。在奧斯汀筆下那個婚姻即職場、家園即企業的小世界裡，這個社交圈的變化是一件利益攸關的事。用商場比喻的話，就是出現了掌握有大筆訂單的客戶，廠商（父母們）都想搶下這個客戶。於是各種位階感與鄙視鏈就啟動了。原本相安無事的鄰居，也有了比較與競爭的心了，各種「她有什麼資格」、「我家女兒比較漂亮」，暗地裡的咬手帕，刻意安排相處機會的小心思，都出動了。

班奈特太太是熱烈地投入這種價值的人，她的鄙視鏈啟動得毫不掩飾。班奈特先生是把這些機制看在眼裡，譏誚但無力抗衡的：他無力令自己聒噪的太太安靜下來，無力不受社會機制影響，唯一可選擇的是說著諷刺的笑話，退避到書房中。賓利與珍兩人，對這名為社會的幕毫無所覺，不過他們比較善良，不像班奈特太太那樣在幕中自我現形。但對我們這個時代的讀者而言，這兩個幕中最單純的角色，也很容易喚起《寄生上流》式的懷疑：會是因為賓利有錢，珍的美麗被追捧讚賞，這個社會的價值觀是迎著他們搭建的，所以（至少在歲月尚未帶來更大考驗前）善良對他們而言比較容易？

至於主角達西與伊莉莎白，他們是對幕中的各種荒謬察覺得更敏銳的人，兩人確實各有各的傲慢與偏見，但這些性格換個角度看，何嘗不是種自我保護，防備著不要被周圍人們的價值觀給侵門踏戶呢。不過，《寄生上流》式的懷疑同樣適用於達西。小說開始不久，一段發生在班奈特家，討論達西性格的多方對話，每個人對「達西的傲慢」有不同看法。盧卡斯小姐說，達西很富有，所以有權力傲慢。盧卡斯的弟弟說「如果我是他，我就要（以下略去青少年的各種享樂幻想）」。伊莉莎白說「要是他羞辱的不是我的傲慢，我也能輕易原諒他的傲慢」。所以，傲慢是要條件的？在社會之幕中，自我的邊界（或各自傲慢與偏見的邊界）在哪裡，擁有什麼能被允許傲慢與偏見？到哪裡會幾乎走到社會之幕的邊沿，令主角們幾乎要意識到，善良或許不足夠，原本的偏見、傲慢也不足夠了。

或許社會之幕能被掀開的地方，首先是在自己心中。為自己掀開社會之幕的契機是什麼？掀開之後，看著這個看起來一模一樣的世界，你會記得嗎，還是遺忘？這已經是一個掀開過的世界了。從今以後，用閱讀程式碼的方式看見它。

楓香與蘿蔔

家門口曾經有一個花台，是磚砌成的長方形，填上土，裡頭的植栽都生長得不錯。但是從何時起，長方形不再是長方形了。不知受了什麼力量推擠，歪歪扭扭，根基懸浮。磚石迸裂，原來應受它圈囿的土壤像發生過地殼變動，隆起，漫出界線，或滲入磚縫。拘禁者與被拘禁者，分不清彼此了。

花台以這樣扭曲的形狀，繼續存在了許久。突破了理性的，符合長方形定義的，平行線與直角。土壤也繼續，胸臆起伏地，與花台擁抱。有一天，鄰居整修房屋，決定順勢打掉這逐漸失格的花台。地面清理之後，才知道變形的原因。花台底部有一條巨大的樹根。是屬於左近那棵五、六層樓高的楓香樹的。

從我住在這個家以來，楓香樹就在此地了。它生得筆直，青翠，在秋天會結小小的刺球狀蒴果。它的地上部分如此優雅淡然，以致於我們低估了它在地下部分的力量。它的根日夜伸展，從底下翻覆了地面人造物、與人類試圖在其中豢養的小自然、小自然那被規範的長方形狀。

我忽然想起，很久以前我編過一個小故事。是關於蘿蔔。

人類種植蘿蔔通常是為了它的地底部分。但其實地面上的葉子部分，蘿蔔纓也是可吃的，而且很好吃。蘿蔔在土裡的時候，從地面上看起來也是欣欣向榮。那為什麼，地底下的部分才被視為是蘿蔔的本體呢？

有一片蘿蔔田，出現了一株和自己對話的蘿蔔。葉子對它的根說，今天是好日子，天朗氣清，蕙風和暢（這株蘿蔔不知為何賣弄文言文，彷彿它和王羲之很熟似的）。根對葉子說，昨天的你也這樣說，但即使你這樣說，我也無法知道，是不是真的。說到底，什麼是天氣，什麼是蕙風，我並不知道。葉子對根說，雖然你看不到我看到的世界，但是你可以告訴我，你看到什麼，這樣我們就能同時擁有兩個世界的知識。根對葉子說，即使你這樣說，我還是無法告訴你，我看到什麼。我的存在的本質，不具備說明的功能，我甚至沒有語言，你現在聽到的話語，也只是你自己對我的翻譯罷了。葉子想了一想（此時它在對這季節而言，十分溫煦的冬陽裡感到有些迷幻），又對根說，那麼你是我的陰影，或是我的潛意識？無論你是什麼，我但願你也能看到我現在看到的世界。

就在這時，彷彿聽到了它的心願似的，農人拔起了蘿蔔。農人用語言讚歎，盛讚那巨大的根，拍去上面的土，走到田邊，手起刀落切掉了葉子，將葉子拋棄在簍子裡，和其他葉子一起。後來，失去了時間感、不再是葉子的葉子將化為土，進入地底，無法描述的根的世界。

以前我編過一個小故事，但不是這個故事。那個故事裡，有蘿蔔的地上與地下部分，在被拔出地面的那一瞬間交換了，至於細節，則被我遺忘。現在的這個故事，是我剛剛編出來的，為了在現在告訴你。

那些從命名逃離的

知識是什麼？我們如何認定我們「知道」？

在讀知識史家費德里柯．馬孔的《博物日本》時，我想著這個問題。古代日本的學者，使用漢字，研讀從中國傳來的典籍，自然知識也不例外——或者說，在當時，未必有自然與其他知識之間的明顯分殊。身體及藥物知識，和宇宙觀與道德觀之間，不存在我們為自然科學畫下的那條界線。

《博物日本》書中說，日本在七世紀末成立了大學寮。大學寮中有典藥寮，是為皇室與首都官員服務的醫療機構。典藥寮侍醫所仰賴的知識來源，是中國的醫書。隔鄰的亞洲大陸生產知識與書籍，日本的醫者、學者、僧人想要獲取知識時，會想著要去取得這些書籍。

然而，生長在日本島嶼和亞洲大陸上的動植物，畢竟不同。因此身在日本的學者終究會發現，典籍記載與周遭環境之間出現了裂縫。最初，由中國傳來的藥學書籍就像是辭書——一本有關自然的書，首先是充滿事物的名字的書。理想的辭書與世界間的對應關係，是波赫士式的，在一本書中包含了全宇宙。但是這顯然難以做到。而日本的學者，讀著中國的自然之書，不斷注意到名字與實相之間的間隙：

「日本本草學者的博物學研究中有一個不變的因素，就是他們將從文本來源獲取的資訊，轉移到在日本土生土長的動植物身上。學者們起初試圖透過辭典學和文獻學的研究，以及並置不同的文本，來解決他們在權威百科全書中讀到有關於中國物種的內容與實際在日本原住物種之間不一致的問題。但到了十八世紀，為了解決這些不一致的問題，新的觀察、描述與再現實踐發展了起來。」

在《博物日本》中，十八世紀（江戶時代）的日本學者發動了一場安靜的知識革命。權威自然知識的來源，從中國進口的書籍，移轉到在本地進行的直接觀察。其中重要的里程碑，是貝原益軒和他編纂的《大和本草》。貝原益軒並不是孤例，他標誌著江戶時代本草學者對自然的研究走向經驗與實證。學者不再看著書上的命名，便認為自己「知道」。知識從源自他方的命名逃離了。

大雨的日子，陪伴長輩去大醫院的診間。長輩同時在看中醫與西醫，不過她更習慣使用中醫的語言。當她用「排毒」這樣的話，來表達她認為自己的身體正在進行的活動，西醫露出了「這不科學」的表情。在我面前，出現的是兩種語言的殊途。雙方似乎都沒有方法，或是沒有時間去跨越，說不出能接軌對方語言的描述。我也一樣。離開醫院的路上，長輩用她的語言重新翻譯一次醫生的話，詢問我兩種體系對應不起來的地方，我什麼也無法回答。或許也是做為一種逃離，我翻開書，繼續在雨聲裡讀貝原益軒在筑前國的採集。

痛苦的晶體

不到三點夜正黑的時候起來，吃了早餐，喝加了許多糖的熱奶茶，暖暖身子，把熱水裝罐。用頭燈照明，在帳篷裡摸索收拾東西。睡袋收成圓筒狀，睡墊捲起。一夜當中生產的瑣碎垃圾，折疊塞進一只夾鏈袋。這一切在天上的星辰對應之下發生。即便那些星星正排列成命運，像一本敞開的點字書，我也無暇解讀。

背包上肩的時候，感覺比前兩天來得重。應該是體力沒有完全恢復，畢竟這是第三天。或者是黑暗之中，事物顯得沉。跨過一條小溪，開始上行。我們的計畫是在天亮以前，越過山嶺，到稜線的另一邊，去到那著名的美麗的湖。

然而上行的路彷彿無止境，有什麼嗡嗡地在腦裡響，這寄宿在我身體裡的都是誰？他們瑣碎地議論著，各種失敗主義的論調。我的速度很慢，天色漸漸改變，遠方出現粉紅色。在這個於山徑上艱難移動、只能把注意力集中在一腳步一腳步的渺小的我之外，有人捲動了周邊的布景。灌木，石頭，風，草地，湖水，光。

後來我回想那趟旅程，記得那種舉步艱難的感覺。每一步都那麼難，但還是爬到了山頂，並且走下山，搭上夜間火車，在午夜左右回到台北，大睡一場，第二天出門上班開會。照片中風景很美，與朋友們的合照很歡樂。只是我知道，經由照片保留下來的視覺印象，其實篩掉了路程中我心底深深蔓延的辛苦感受。於是那困難感便只是我的，不會是別人的。

當時那麼真實感受到的、身體上的苦，其實也並沒有留下傷。在山上時，它以一種神祕的傳導網絡，聯結起一切我曾經有過的失敗感。而這張連結的網，又在旅程一結束時便幻影般地消失。所以感到痛苦其實是幻覺嗎？或者，它是一道程式，被觸發按下了執行鍵，整體地運算了一次，運算結束。

我難以解釋，為什麼必須要有這樣的苦。眼前的美麗都是真的，痛苦的感覺也是。但照片只會呈現前者。我默默折疊起這份只有我自己記得的痛苦感受，像將它封印或壓縮進最小量體的晶體。然後我就在心裡，扣著這個如今已無害、純粹化了的痛苦。

從一本圖錄裡翻出那幅描繪生命之輪的唐卡。生命之輪是同心圓，中心是貪嗔痴三毒，往外一圈是表示輪迴的天、人、阿修羅、地獄、餓鬼、畜牲六道，再更外圍一圈是十二緣起。這一切都同時存在，聯動旋轉。我像拿著那枚從旅程中取出的痛苦的晶體，在它的透明折射中看著這幅生命之輪。

臨界和抵達

讀末代港督彭定康的《香港日記》回憶錄。在他抵達香港後，第一場與施政有關的演講，他準備了一小時的講稿，但一開口就發現，一小時絕對講不完。同時湧上來的，則是他忽然意識到，自己連日以來一直在說話，不知說了多少話，以至於此刻他在台上，喉嚨沙啞。但他還是犁田一樣地，繼續說下去，直到把整篇講稿說完。

從嘉明湖回來後，熟識的物理治療師幫我做檢查。我很習慣治療師冷靜的說話方式，當我的身體是機械般，檢看了軸承、介面，最後說，還不錯。還不錯的意思是，像登嘉明湖這樣超過日常運動負荷量的事，每三個月可以做一次，當做「壓力測試」。

壓力測試嗎？就是說，每隔一段時間，以超出臨界線的方式使用自己的身體。不要想太多，沒有為什麼。為了超過那條線而超過。

後來就養成了夜晚跑步的習慣。暫時無法每三個月去登山一次，但是每天跑步。跑的時候，很容易想起彭定康的話。已經開始跑了，即使覺得不輕鬆，還是跑下去。開口演講，底下的聽眾全望著你，就算心裡懷疑有人不在乎，也要講下去。

一次一次繞行跑道，抵達自己認定的終點。又再一次。又再一次。

偵查著鞋底和地面的關係，身體的痠痛部位。然後再一次。

時間的意義是什麼？那些被賦予了標記的時刻，節日，慶典，火車發車時間，新書出版日。在間中的空隙，有時人會悲傷。是因為看著，完整連綿的無意義，被人為的意義切割了；還是因為那些標記，瞬乎而逝，像高鐵車窗外的電線杆，不斷往身後而去，時間裡沒有不動的地平線。

所以，不能每時每刻問意義。不要奢求額外的信號，來告訴你正走在對或錯的方向。而要像一個球體，純粹以內部張力支撐。像在起頭之後，無論中途生出何種懷疑，也要就連續動作一鼓作氣把整篇稿子讀完的演講人。

最近總有種艱難的感覺。

同時開著的視窗太多，花在每個視窗中的時間不夠。對每一個視窗感到歉疚。

我能在一個視窗之中，不加精省，用力到跨過臨界線嗎？倘若那樣，會從分裂的自己中，統整出一個新的自我，就此跨到另一個次元嗎？但我也知道，這個念頭之所以存在，暗示的不是出路真的存在，而是我心裡希望著能跨出去。那是一條虛線的路。

所以喜歡跑步正因為是這樣。眼前有明確的終點。終點會在真實的摩擦力中抵達。

自由的召喚術

在一場座談中，聽了在中國被監禁了五年的人權工作者講話。五年中，他的妻子，和台灣與國際上的人權組織，進行了無數的救援。堅定地，在信念上不讓步。拒絕了中間人「只要你們低調，噤聲，對岸就會早點把人放回來」的提議。自始至終「高調」，在國際上，突顯中國的人權問題。組成救援大隊，大家一起寫信給獄中的他。讓他知道自己被支持，大家沒有忘記他。

於是他回來了。精神奕奕，沒有被打垮，仍然相信人權，也準備繼續投入工作。

有聽眾問他，溝通機會有限，會面被監控，你怎麼確定，妻子所做的高調救援是對的，是你想要的？

他說，台灣是一個自由的國家，她是一個在自由國家中的人。當時的我是被監禁的、不自由的。所以她會比我更知道，什麼是好的。我不會去想，她做的是不是我要的。她不需要做我想的。她只要做她認為對的，就好了。

原來自由是這樣。失去過自由的人，能夠說得這麼清楚：自由是一種環境。人在自由的環境中，能做出自由的判斷。是自由，而不是放棄自由，能召喚自由。

那個自由的判斷，包括當聽到有人要你噤聲的提議時，不會一時立刻就被恐懼壓倒。那個人所要傳遞的恐懼訊息，傳染不到你的身邊。在他和你之間，有廣大的間隙。他操控不了你。

那個傳話的中間人，一定大吃一驚吧。他拋出的誘餌，你拒絕吞下。

聽著座談的時候，覺得看到自由的形狀，就在周遭流動著。

也想起美國作家大衛·福斯特·華萊士那個著名的演說。

兩條年輕的魚正游著時，遇到了一條比較年長的魚。年長的魚向他們點頭打招呼。就是那種日常的點頭寒暄，不一定要回答的對話。「早安，年輕人，水怎麼樣？」年長的魚說。兩條年輕魚游出一段距離後，才終於忍不住互相問，「到底什麼是水？」

大衛．福斯特．華萊士說，最明顯、最重要的現實，往往是最難看見、最難談論的。

倘若自由與否的環境，是我們這些陸地上生物習而不察的空氣，是海中的魚不會特別去感知的水，我們原本很難知道，現在的自己身上有什麼，是因為有這空氣和這水質才得以成立的。

但人權工作者在危機的時刻，清晰地知道：因那個自由的環境而能做出的判斷，是珍貴的。不能被以不自由的、要人噤聲的方式思考的人影響。是自由，能召喚自由。

這是我近日聽到最美的故事。自由的召喚術。

鬼月的夜晚

鬼月的夜晚有一點憂傷。在日間，城裡的人進行了大規模的祭祀。辦公樓下擺出了桌子，放上大同小異的祭品，零食、泡麵，整箱的鋁箔包飲料，紙錢與水果。騎樓裡桌桌相連，點香，燒紙錢，灰色的霧彌漫在街道上。比較有規模的公司還有司儀，拿著麥克風，開到最大聲，指導著排排站的員工們致祭，一個十字路口外都聽得到。

這一年的祭祀又熱熱鬧鬧地結束了。人們收拾桌子，分送食物。下午炎熱，大概是全城同時在鐵桶中燃燒紙錢帶來的效應。接著傍晚到來，暮光逢魔時刻，鬼魂們是否會想，這就是你們認為我所需要的嗎？這些乖乖，米果，泡芙，生力麵。夜色漸漸變濃，人們寧靜地繼續日常，鬼月的夜晚有一點憂傷。

鬼魂想，我已不是人了。我與人之間隔著名為死亡之經驗。經歷了那以後，我成為一種「不是」。像黑洞之於恆星。我不是你們，我不是生命。何以你們會認為我喜愛這些零食？但我可以理解，那是你們的一種方式，去記得有自身以外的、生命以外的存在，像世界上既有語言，就有無法言說的。你們確實應當記住這點。

倘若我是你所不是的，是與你隔著死亡經驗的，你能否用更多的想像來想像我？想像我不只是另一個也會吃、也使用紙鈔、要人惦記的你。尊重我與你完全不同的本質。說不定我是一道重新編碼的程序。解消那些你以為重要的事物，重新排序後再一次演算。口腹欲望做為生存需求在馬斯洛金字塔的地基位置被瓦解（難道你要跟鬼魂談生存需求？），因此一切邏輯都要重構。像尼爾·蓋曼的「睡魔」，在夢中夢到的能影響醒來的世界。這一切關乎想像。

倘若我是如此與你不同的存在，而你唯一能想像我的方式是透過可以拿在手裡的米果乖乖，那麼我也只能在你說完你的願望之後走入這鬼月之夜，感覺這夜有一點憂傷。即將完全天明以前，現在天空的顏色，就是我在對你說，說一種完全不同的存在。

烏柏與颱風

週末在近郊山上的私人庭院裡，遇到了一株烏桕樹。它立在草地的中心，龐大寧靜，枝葉伸展，「好美」，同行的人都這樣說。

按說現在並不是它的花季。但是在樹冠的邊緣，垂落到我眼前的濃綠色葉片當中，還是看到了幾枝零星隱藏的穗花序。彷彿這株樹如此之大，大到像一片國土，無人管顧之處，有人忘了季節，過著不歸整體節制、忘乎中央政府法令的時間。不，或者應該說，一株樹本身是一個生態系，本來就並存著多種不均質的氣象帶、小循環。樹梢是一個世界，樹根是另一個。樹根深入土壤，見不到陽光，與其他植物的根相纏繞、與地底的真菌呼吸對話著的，又是另一個。

遠遠聽說颱風的消息。我想那株烏柏樹會怎樣思考颱風？它的葉子，已經在空氣的濕度之中，感應到海上的氣旋了嗎？它的根，從地底的情報網，接收到雨的訊息了嗎？這個島嶼已經三年沒有颱風登陸了，三年來每到這時，看著氣象圖上的颱風轉彎路徑，總有人開玩笑說，島上有氣象兵器。但我研究海洋生物的朋友憂心地說，少了颱風的降溫，周邊海域的珊瑚白化會更嚴重的。颱風是這個島嶼環境生態的一部分，它的消失不見也是。

颱風已經抵達附近。在屬於另一個國籍的群島上，發布了警報，說是有龍捲風、津波的可能，要獨居的老人提早住進避難所。島上的老人收拾隨身物品，關好門窗，離家去暫時成為一個群居者。這是否也是一種生物屬性，倘若有智能從外太空觀測，會說地球人類這個物種，演化出了變異，在星球表面產生某種氣流變化時，有一群人會短暫由獨居變化為群居。

而已經三年沒有颱風登陸的這個島嶼上，我們繼續著各自的獨居。

烏柏樹，它的根深入地底，葉子沙沙地，沉著地晃動。大樹的存在如神祇，給我們另一種時間感。

我在風大的夜裡讀梁莉姿的《日常運動》，三年前發生在不遠處另一座城市，彌漫的催淚彈和化學藥劑，刺痛的眼睛與皮膚表面，衝突與安靜，爆裂與隱微。長遠的時空中有此刻無法預知的生長變化。樹與星球的時間。我們召喚著未來。

馴服於雨和海，穀倉狀的時間以外

座談會進行到一半的時候，我忽然聽見雨聲，噠噠地打在鐵皮屋頂上。在這個挑高空間，如穀倉般的屋宇裡，有一群聽眾在我們的面前，燈光從他們背後的高架上照來。這是一個按人類用途規畫的環境，為了今天下午的活動，事前有許多聯繫，當下有一群持攝影機的、拿著記事板的工作人員，看著手錶，隱身於場地邊緣的黑暗中，默不作聲，引導所有人走著精細的時間刻度。雨聲響起時，我才想起來，我們不只在這個穀倉狀的時間裡，也在城市裡，而城市在島上，島正在強烈的颱風外圍環流中。

我在主持一場座談。是法國作家艾力克・菲耶與達悟作家夏曼・藍波安的對話。艾力克·菲耶在六月時來台灣，旅行、駐村寫作了一段時間。他是一位安靜，從容，謙和的人，語速不快，不太說過多的話。幾乎能感到，他對於所有進入他耳中的語言，有一個沉著的吸收過程，然後才開口回答。

我一直都羨慕擁有安靜能量的人，希望自己成為那樣的人。但是卻經常過著繁忙而毫不從容的日子，把神經調校在接收與回應外界訊息的狀態。此刻我也是盡責地注意著工作人員給我的時間暗示。我知道這是自己此時的生活方式，它需要時時警醒，但愈是如此我愈是尊敬從容與安靜。可以的話希望守護身邊在安靜中思考與寫作的人，承接他們偶爾吐露的話語。

夏曼·藍波安說他是被海洋馴化的，所以不被殖民者的教育馴化。艾力克·菲耶的作品敏感於另外一些「馴化」：資本主義、國家、身分對人的馴化。《長崎》中，兩個人共享著一個空間，一個人合法擁有，一個人藏匿迴避，為什麼？資本主義的規則，所有權的法律，人被削刪放入盒子裡，「就是這樣。」《日人之蝕》中，一個充滿妄想的極權國家，綁架了一些人，強迫分配命運給他們，

「就是這樣。」兩個故事都取材自真實事件。是人類真實的處境。

艾力克・菲耶寫的故事雖然有的發生在城市，卻不是馴服於城市規則的故事。相反，是幽微地突顯、揭露隱藏機制的故事。於是他的城市不只是城市。城市在它的寧靜之下，就像凶險的大海，有時教人滅頂，有時又寧靜下來，讓人暫時歇止在浮木之上、孤島之邊。那時，天邊有破開雲層的光。世界美麗，我們孑然一身。

再會天平

於是就在最後一篇專欄截稿之前，我體內發生了奇異的著陸。最先開始有感覺的是喉嚨的刺癢，漸漸導致了輕咳。到了這時，心裡已經有點預感，但還不願正面承認。結束這一天的活動，路上盡量避開人。到了夜裡，喉嚨燒灼，咳著醒來數次，已然是病了，勢頭又急又凶。此時我暫時在一個公共衛生系統尚未登錄的階段。但是它沒錯，那個冠狀的病毒。

接下來休息養病的日子，手邊有井上靖《天平之甍》的書稿。這本書我從前讀過一回，是中國譯的簡體字版，那時極喜歡，但是多年過去，記憶已經淡了。最近因為出版社友人即將要出新版，給了我新譯的書稿。於是我在病中重讀這個故事。

那是西元八世紀中葉，在日本是聖武天皇年號天平的時代，在唐土是唐玄宗開元天寶年間。日本正要派出第九次遣唐使，使節團中有「知乘船事、譯語、主神、醫師、陰陽師、畫師、新羅譯語、奄美譯語、卜部等隨員，以及都匠、船工、鍛工、水手長、音聲長、音聲生、雜史、玉生、鑄生、細工生、船匠等規定的乘船組員，乃至水手、射手等下級船員總計五百八十餘人。」

彷彿要預備好一切可能的不測，一個使節團內包含了如此多樣的人物角色，而不只是我們過往知道的留學生、學問僧而已。井上靖白描地寫下這些細節，就像點付一張清單，是那時代亞洲各地往來方式的一頁紀錄。當中確實有兩名留學僧，負擔著到唐土延請高僧赴日，將戒律帶到日本的任務。《天平之甍》的故事從他們身上開始，一直寫到鑑真和尚一次又一次嘗試東渡，失敗了五次，直到年老目盲。終於在日本派出第十次遣唐使時，鑑真和尚一行人搭上遣唐使回程的船，抵達奈良，在日本興建了唐招提寺，弘揚律宗為止。

這是個充滿磨難的故事。但井上靖非常節制他的書寫，真如淡墨白描一般。他寫著一年、又一年，一次出航、又一次出航，一個人死去、又一個人死去，就像浪潮來去一般，時間沙沙地過去。這樣有一天，終於等到了遣唐使的船，獲得同意，一行人東渡日本。在這期間，唐朝已經歷了極盛而衰，曾經權勢滔天的人失勢或落難。在日本同樣有許多人因政爭而或死，或貶。人世遭遇，亦如大海。而有佛法、經典、教法能夠渡海被流傳建立，真的就如佛典中說的，盲龜值浮木的難得。

病中再讀一次《天平之甍》，感受更深，實在是極好極好的小說。我讀著它，燒漸漸退去，病毒漸漸離開我的身體，卻留下了抗體。從細胞的尺度，或許也是時代一輪一輪地變遷了吧。

智慧是一件特別的貨物

井上靖的《天平之甍》是我心目中的小說絕品。

以西元八世紀的日本遣唐使學問僧赴唐，與揚州僧人鑑真東渡日本的經歷為主軸，這個故事發生在廣袤的東亞陸地與海洋之上。東起日本的平城京，西到唐朝的長安，海上到沖繩、奄美，往南到達海南島，也提到過安南（越南）、崑崙國（馬來西亞），往北則提到渤海國、高麗、新羅。在這個空間中，往來著亞洲各地的人們，印度的梵僧，西域的胡人商旅，日本的外交官員和學問僧。唐天子所在的洛陽與長安是其中的一個中心。

倘若我們從空中鳥瞰，這個舞台是與今日東亞相近的陸地與海洋。但是小說中的世界，八世紀東亞有形的山川海洋地理之上，有個精神空間。這個精神空間，不以國家為界線。儒學、知識、詩歌，以漢字為媒介，在同文不同音的東亞各地間流通。佛教傳入東亞之後，也產生大量的漢字譯經，譯者亦是來自亞洲各地。在《天平之甍》中出現過名字的，即有來自印度，在長安生活二十四年的善無畏；另一位同樣在《天平之甍》中留名的漢人譯師義淨，曾從廣州出海前往室利佛逝（印尼蘇門答臘）、印度，回程停留在室利佛逝譯經數年，之後才回到洛陽和長安，在武則天與唐中宗支持下主持譯院。

八世紀的亞洲，有許多人踏上壯遊。理由有經濟的、政治的，但也有不少是精神面上的──為了取經、學法。似乎智慧在他方，可以去「取」。

這時的日本是奈良時代，都城是平城京，天皇是聖武天皇。而大唐的皇帝是玄宗，正是王朝繁華鼎盛的時候。小說一開始，井上靖比喻日本國家正從少年步向青年，以季節而言是早春，而大唐則是初夏了。日本像個好奇的少年往外看，向周邊文明學習，尋找「啟蒙」。

但啟蒙如何可能？所謂取經，該取什麼，才能轉變自身？當時的日本並非沒有佛教，而是對現況感到不足。倘若人想從外地帶回的東西是珠寶，可以交易、可以請求，甚至可以劫掠。但是「智慧」，如何能被帶回？

佛教以佛、法、僧為三寶。佛教不同於一神教信仰，天地間有一神說有光，便有光。佛教是一切眾生皆可成佛，人透過修行領悟智慧，而成為菩薩、成為佛（覺者）。那麼要帶給一地的眾生開悟的因緣，需要什麼呢？是佛像、佛具、經書，還是傳法者？以何為容器，方能把智慧帶回日本？

在《天平之甍》中，幾名渡海的日本學問僧各自有不同的答案。

業行認為，智慧的容器是經書。他認為自己無法了解經書中深奧的內容，也不要浪費時間去了解。在有限的時間中，他該做的是不斷、正確地抄寫。只要讓經書回到日本，自然會發揮作用。

榮叡認為，智慧的容器是德性高尚的傳道者。因此他有強烈的使命感，想將鑑真帶回日本。井上靖比喻榮叡對此事的狂熱，彷彿要「從大唐劫掠珍寶」。

戒融認為，人的痛苦，終究只有自己明白，也只能自己處理，自身的感受是修行的憑依。他托缽化緣，在唐土徒步旅行，甚至出海前往印度。在書中，戒融對唐土做出的幾句評語，也確實有他獨到的觀察。

普照是這當中較為特別的一個人。他不像榮叡、業行、戒融那樣，對自己將要採取的路徑做出了明確的斷言。井上靖描寫他既用功學習經典，也苦苦奮戰著情慾，既尊敬師父定賓，對老師的論敵、不同流派的學說也加以研讀，更重要的是，「他不認為招攬傳戒師或業行抄寫的大量經卷可以取代對自我完成的追求」。從這點而言，普照與戒融較相近，兩人都將「自我完成」放在視野之中，而不同於業行與榮叡以任務為導向，業行甚至到了將自我工具化、去人性化的地步。不同的是，戒融著眼於自身體驗，接近小乘；普照親近經典與傳統，接近大乘。所謂「自我完成」，意味著將自己化為智慧的容器。當普照遇見了鑑真這位上師之後，他既做了榮叡的事（帶鑑真渡海），也做了業行的事（抄經），很多時候他更成了戒融（在旅途中艱苦流浪）。他的經歷兼容了與自已截然不同的三人的路徑，或許可稱之為他的菩薩行。最終正是普照完成了帶鑑真渡海的任務，見證並參與佛教戒律在奈良被建立起來，一個新的時代展開。

除了這幾位學問僧，《天平之甍》中還有許多人追求著不同的事物。玄昉、吉備真備、阿倍仲麻呂這些來自日本，在唐土大放異彩的「俊才」，井上靖描寫了幾次普照與他們的交會。這些交會處的描寫極度精彩，有如海明威的冰山理論，只寫了冰山可見的部分，即兩人短短的互動，讀者卻可一眼看出雙方各自狀態的不同——這些人物即便與普照來自同一個家鄉，也已經是和普照不同的「容器」了。而普照第一次見到鑑真，鑑真在聆聽榮叡的請求後，以低沉的聲音做出回應，表明前往日本的決心，那個瞬間，井上靖形容普照「感到自己置身在某種奇妙的、難以名狀的酩酊狀態」，那是普照作為佛法的「容器」的重要時刻。即便當時他還不知道，法輪也已經開始轉動了。

然而接下來是渡海的磨難。三次出海，三次遭難。鑑真在途中失明，與弟子死別。榮叡也身故。「智慧」是一件特別的貨物，「取」的過程改變了一個人，修整人之作為容器的形狀，也試煉智慧是否禁得起考驗。表面上，鑑真渡日的旅程走了許多艱苦的彎路，然而這彎路從取智慧的角度而言，會不會正是兩點之間最短的直線距離？因為，正是在這彎路中，鑑真行腳各地，授戒說法，普照、思託等弟子身語意學習，預備了他們日後在日本成為第一代傳戒師。「請鑑真渡日」開始於榮叡，由普照延續，實則旅途不僅是關乎鑑真，也是普照的自我完成——成為智慧的容器。不過，如此的「直線最短距離」，對關注點不在佛法智慧之上的人而言，是看不見的。吉備真備那句高傲冷淡的「只要做好渡海的準備，船自然就會航行」，正是習慣了看得見的直線的人會說的話。然而吉備真備的世界是否真如他以為的，只要做好準備就有順遂的航行？井上靖淡然數出一艘艘風波遇難的遣唐使船，在政治鬥爭中起落消磨的一代代俊才，還有唐土盛世的隳滅——人類的短暫理性光亮之外，是無邊無際的無常晦暗。

無常是暴力的。井上靖沒有迴避這一點。《天平之甍》不是一本單純光亮的「鑑真師徒成功記」。他描寫鑑真師徒，也描寫在他們之外更多被無常淹沒的人、被大海吞噬的舟：業行與他的經書，和故事最後被投入洶湧大海的優婆塞（這出現在小說末尾的一小段關於戒融的軼聞，與優婆塞草芥般被拋擲的命運，是一道精準冷冽的回馬槍，將讀者的視線從文明井然的奈良再次帶到幽暗的海上）。人世如冥茫大海，無邊晦暗。在奈良建起的寺廟、點起的燈光，也只是照亮著一角。在那之外，洶湧的大海繼續捲走滅頂之人。正因為晦暗如此無邊，人類才始終尋找著啟蒙的光。

輯二

地圖與博物

我的母親不記得的萬大路

一條想像中的路

我的母親在一九六〇年代來到台北。當年有許多人和她一樣，在台北的第一個落腳點，是在這座城市的南邊，現在的萬大路附近，一個叫做「加蚋仔」，半像城市、半像農村的地方。

那時，萬大路還不存在。那時萬大路還是一條「想像中的路」。最早把它想像出來的，是日本人。日本人在一九三二年的都市計畫地圖上，畫了一條筆直的線，標上數字「38」。那條線象徵一種不由分說的意志力，準備把對計畫而言多餘的事物，地面上的樹木、田埂或房屋，清場排除，讓出空間來給交通。

計畫是將北邊的萬華車站，和南邊的河岸，用一條簡單的直線連通起來。

但是日本人來不及實現這個名叫「38號計畫道路」的意志了。戰爭在一九四六年結束，島嶼改變了歸屬。日人陸續離開，中國人從中國過來。中國人接收了日本人留下的資產，軍事設施，產業廠房，文書地圖。那條路的想像，作為文書的一部分移交給接收者。但它還要在紙上等一等。

一海之隔，中國的國共內戰即將出現一個結果，誕生一個新的國號、與一組被擊潰的失敗者，後者唯一的退路是台灣。更多，更多人從中國過來。一九四九年中國正式變成共產黨的中國，大約有兩百萬人陸續乘船離開中國來到台灣。來了一整個政府，帶上他所能號召的所有軍隊。移民安置的措施很緊迫，開路的事情可以緩一緩。一九四八到一九六三年之間（現在萬大路以東的）南機場地帶出現了三十座眷村，湧入了一千多戶人家。

一九六〇年代，我的母親作為戰後才上小學，受國語教育成長的一代，剛從高中畢業，將要出社會做事。她來到加蚋仔，成了光仁國小附屬幼稚園的一名年輕老師。以她的學校為中心，西邊，有清代起就來到本地開墾、歷經日本統治的本地人；東邊，有新建的眷村，住著剛剛才從中國遷來的移民。

萬大路還只是一條想像中的路。

而在這條想像的、未來的路上，有一座天主教堂。

教堂

天主教堂名叫「玫瑰聖母堂」。它在一九五八年興建完成，是兩層樓高，西式的樓房，側旁有一座塔樓，教堂前有相當寬闊的空地。

關於教堂為什麼會出現在這裡？那是一個更大的故事。

故事的第一個部分，是十九世紀時，「聖母聖心會」來到亞洲。

這個故事的前段非常慘烈。比利時教士南懷義，以到中國傳教為目標，成立了「聖母聖心會」。羅馬教廷將西灣子教區委任給他。南懷義和四位同伴在一八六五年冬天乘船到達天津，再到北京，往北出了長城，到達西灣子教區。那裡實際屬於內蒙古，冬季酷寒，物質生活條件極差，傳教事業非常艱苦。短短三年之內，創始人南懷義和他的同伴司維業都死於斑疹傷寒。根據聖母聖心會的記述，早年大概有一百位聖母聖心教會的教士死於斑疹傷寒。也有傳教士死於一八九九年的義和團之亂，被火燒死或是活埋。

如果不是信仰的緣故，這看起來就像是專程從歐洲來赴死。但聖母聖心會的傳教仍然持續，傳教士前仆後繼地來，又大量地死去。死去後似乎真的就像麥子被種進土裡，生長出信徒，學校，醫院，傳教與救濟的系統。甚至幾乎就像是以身餵病，在不斷的犧牲裡終於找到培養傷寒疫苗的方法。甚至後來也能在北京的太平倉胡同裡擁有一所宅院，是一所給傳教士的學院，收著一些藏書。直一九四九年中國共產革命成功，所有的教士都得離開中國，教會的產業被沒收。

這就來到了故事的第二個部分。「鐵幕」落下，共產中國開始迫害和排除西方傳教士，驅動了原來在中國傳教的神父們必須再次踏上旅程。一九五五年，一位原來在內蒙古傳教的袁士林神父，被共產黨逮捕關押，終於離開監獄之後，他和幾位神父來到加蚋仔。

當時東園街是比較多商鋪的地段，有許多兩層樓、面街的房子，通常是一樓做生意，二樓做住家用。教會買下東園街47號，就當作早期傳教做禮拜和神父住宿的地方。信徒越來越多之後，蓋了玫瑰聖母堂。

還有另一位巴昌明神父，也是在中國被囚禁入獄，出獄後同樣在一九五五年來到加蚋仔，建立「聖女小德蘭朝聖地」教堂。

一九五五年的加蚋仔，不熱鬧、也不繁榮，位在台北城市的邊緣，沒有明顯的地標。但在那個歷史的時間點上，它卻扮演了這麼一個角色，在中國的「鐵幕」落下之時，承接了被驅逐出境的傳教士。

那座「玫瑰聖母堂」就是我母親初到加蚋仔時，見到的教堂。母親不是天主教徒。但在那個年代，高中畢業的女性職業選擇還有限，當老師是一個好選項，和學生時代感覺並不遠。

光仁國小的老師協助我找到早年的檔案照片。其中比較早的一張是一九六三年的師生團體照。媽媽坐在前排的左邊。中間是光仁國小的宋曼西校長，穿著旗袍，拿著摺扇。兩旁是兩位外籍神父。年輕的女老師有六位，也有穿著洋裝，也有穿著旗袍。可能是外省籍與本省籍女性裝扮基本的劃分？母親是穿洋裝的，頭髮往後梳，綁著馬尾。學童大約有五十人，穿著淺色的夏季衣服。

仔細想想，這是一個奇妙的人群組合。照片上的每一個人，究竟都從哪裡來，經歷過什麼？神父當中，有誰是在中國傳過教，在中國坐過牢？遭遇過什麼才來到加蚋仔？老師們當中的外省人，一九四九年時應當年紀還很小，是跟著軍隊來的？在哪裡安家？宋曼西校長本人比較年長，根據網路上的資料，她是一九一九年出生，中央大學音樂系畢業，很早加入國民黨組織，不到三十歲就擔任過國民黨河南省西平縣議員。一九四九年，她也不過三十歲。她怎麼和神父們合作成立的光仁國小？

至於老師當中的本省人，如果和我媽媽年紀相近，基本上應是戰後上小學，受國語教育的一代。媽媽就是如此，她的爸爸、哥哥，都是受日本教育的——她是她家裡的國語第一代，也是一畢業就離家到台北就業的職業女性第一代。

她想過這些嗎？她知道她的人生，是這座島嶼複雜又奇妙的歷史當中，又一個史無前例，又一個無例可循嗎？她知道她身邊的這些人，也都很可能有過極為驚人的經歷嗎？

當然史無前例的不只她一個人。

我去訪問了玫瑰聖母堂現任的本堂神父，林瑞德神父。他在一九六五年代來到台灣，到過加蚋仔的玫瑰聖母堂後，先被派去新竹學台語。然後在台中待了三年，在培養傳教士的中心教授聖經學（用台語）。一九六九當他再回到台北時，發現加蚋仔附近有不少外省移民完全不會說台語的。為了傳教，他明白自己必須要學國語。於是他自學。

「所以，你跟當時很多台灣人一樣，先會台語，要補學國語。」我說。

「坐計程車講台語，司機都會很高興，他們會覺得很親切。」神父說。

玫瑰聖母堂早年用拉丁文做禮拜，到一九六〇年代後期才用國語。另外，在禮拜天的晚上，會有一場禮拜使用台語。這麼說來，一九六〇年代是加蚋仔的神父們在語言上本土化的時代。

當時媽媽不知道有沒有聽過神父講台語。也可能沒有。因為是學校。可能在學校不說台語。

村庄

我問過媽媽，一九六〇年代住在天主教學校宿舍的時候，附近有什麼？

「什麼都沒有。」她說。

「怎麼可能什麼都沒有？」

「真的就是什麼都沒有啊。」

再追問，她才說，有很多竹林，和用大缸種的豆芽菜。還有茉莉花田，茉莉花是製香片茶用的。

嗯，這跟我聽說過的萬大路大致符合——和北邊不遠處的商業聚落艋舺不同，萬大路這一帶在本質上更接近農業聚落。但是……「還有呢？」

「其他就什麼都沒有了啊。」她好像真的找不出什麼可以講給我聽的事了。

這裡確實就是城市的邊緣。明明是城市，卻像個農村。明明距離「艋舺」不遠，龍山寺是步行半小時可到的距離。但它的本質是農業聚落，不是像艋舺一樣的商業市街。

從起源上講，加蚋仔是古地名，據說「大加蚋」（Tagal）是原住民語言「沼澤之地」的意思。這一段新店溪河道多變，經常氾濫，土地等於是河面上的浮洲，面積大小不定，是Tagal。這裡較早的居民是凱達格蘭平埔族的「雷裡社」，傳說也是來自島外，在海上航行時遇風，被吹到台灣，在河濱定居下來，過上適合此地特性的親水性生活方式，捕魚為生。直到漢人來了。

一七〇九年，有一群漢人從清國取得到官方許可文書，准許他們到這裡開墾。大約在一七二〇年代，也就是康熙晚期到雍正年間，漢人陸續從福建泉州同安遷移過來，在這裡建立漢人的「加蚋仔庄」。

很快地，原住民離開了，這個地方成為漢人的農業聚落。

有血緣關係的家族，有地緣關係的同鄉，像拉著線軸般陸續跟著先行者移民到這裡，也不斷擴大墾地。開墾之初最重要是修築圳道排水和引水。即使現在這裡已經不是農業聚落了，還有一段早年的灌溉渠道保留下來，也還有保存在古宅之中的古井。

日治時代，對戶口做了詳細的調查，街道地理環境做了測繪，劃分行政區塊。在那條想像的38號道路以西的區段，命名為東園町和西園町。仍是農業為主，生產供應台北市居民的麻竹筍，茉莉花，蔬菜，豆芽菜。

戰後，有另一種性質的外來人口來到加蚋仔。不是來務農的，是來投入城市裡的工業。我訪問到今年八十九歲的黃仁貴阿伯，他說他十四歲離開嘉義的家鄉，北上到艋舺火車站。晚上在車站睡草蓆，白天到介紹所找工作。果然讓他遇到了一位做橡膠的頭家，收他當學徒，工錢一天五元，飯錢扣掉兩塊五。二十歲去當兵，當兵回來繼續在同一個頭家手底下工作。後來學出師了，自己開公司，還是做橡膠和汽車零件。娶了本地楊家的小姐，在此地安頓。

「囡仔讀冊讀光仁國小是毋？」我想知道他有沒有接觸到過玫瑰聖母堂的神父們。答案是沒有。

「嘸。讀東園國小。」阿伯笑著說。「伊（指阿伯的太太），個老爸，個規家伙啊，攏讀東園國小。」

東園國小是本地有一百零七年歷史的小學。一九一二年（明治四十五年）

成立，當時叫做台北廳大安公學校加蚋分校。

他沒有想過要選擇光仁。光仁後來漸漸變成本地人眼中的貴族學校了。這裡有一些其他的名字。在能被用「萬大路」指稱之前，這裡還有其他一些非原住民語言的名字，反應了漢人的聚落一一地出現在大地之上：六庄、五角頭……。這些台北地區歷史最久遠的漢人村庄，後來漸漸放棄了農業。一九七〇年代一度短暫來了許多印刷業者。之後是果菜批發市場進駐。

到那時，像是催眠一般，這個古老城區會被市場帶著進入另一種節奏。

練兵場

以那條存在於想像中、預定的38號計畫道路為界……在日治時期，路的西側和東側是完全不一樣的地景。

這差別，是在日治時期人為造成的。當台灣還屬於清領的時候，整個加蚋仔都是漢人的農業栽種地。後來日本人徵收東邊的土地去蓋一座「練兵場」。

因此38號計畫道路以西，是東園和西園，住著比日本人早來此地數百年的漢人們，以家族血緣或同鄉地緣彼此連結在一起。土地的所有權零碎，街巷複雜，有圳溝和古井，種植麻竹筍，茉莉花，豆芽菜。

38號計畫道路以東，則是日本人的陸軍練兵場。是通過徵收等方式獲得的連成一片的土地，完全在一種勢力的掌控之下。

這個地方，在台灣本地人的口中，叫作「陸軍埔」。我在高傳棋的文章中讀到一些跟這地方有關的事：日治時代每年三月十日是「日俄戰爭勝利紀念日」，全市的陸軍與學生會在此地舉辦慶祝活動。這個地方也曾經短暫用作滑翔機飛行場，因此又叫南機場。在練兵場操練的陸軍，也常在這個地方騎馬，因此又叫「馬場町」。

因為是軍事用地性質，在日本戰敗之後，自然由國民黨軍隊接收。

也因為這樣的緣故，這塊練兵場空地，在歷史交接的時刻，被用出了另一種用途。在一九四七年爆發二二八流血事件後，以及接下來的白色恐怖時期，被用作刑場。

真實在這裡被處決的人數，無法確定。

一九四九年大量的軍人和移民遷台，這塊歸軍方使用的土地，也很自然被用來安置軍眷，興建眷村。

保留的綠地曾經一度規劃做高爾夫球場。後來改為對公眾開放的青年公園。公園周遭至今仍是眷村改建的高密度國民住宅。

然後是一九七〇年代，當整個加蚋仔人口越來越密集，生活環境需要改善。於是在一九七五年，計畫中的38號道路終於完成從紙上構想，進入現實，成為一條真實的萬大路。

萬大路

母親還收著一些當年的舊照片。照片中，當時非常年輕的她，梳著馬尾，穿著洋裝，彈風琴，教學生唱歌跳舞。與其說是老師，她看起來還像是個學生。她才高中畢業，還不到二十歲。

一九六〇年代，我母親剛剛來到的萬大路，她口中「什麼也沒有」的地方，其實不是什麼都沒有。相反，那裡「有」兩百多年歷史的漢人聚落，是整個台北地區在歷史上有記載的最早的漢人聚落。當然，這故事不會寫在家家戶戶的大門上。所以我媽媽很可能根本不知道。媽媽是戰後再受國民政府教育的，她上過的課本裡沒有台灣史。

那裡還「有」一座玫瑰聖母堂。有些洋神父住在教堂，或是從別的教區來訪。只是她不知道，那些神父之所以會出現在這裡，源頭是一個十九世紀的願望，當時一位比利時神父，創建了到中國傳教的聖母聖心教會。她不知道一九五五年因為中國共產黨逮捕、驅逐外籍傳教士，神父才會到台灣來。她剛到光仁時認識的神父，很有可能就有在中國被囚禁迫害過的。那些故事他們沒有說。

還有南機場附近，住在眷村裡，從中國來的移民。媽媽說，當時班上很多學生家長是外省人。雖是對她這麼年輕的老師，也十分有禮。她也不知道，沒問起，他們從中國的哪裡來，有過什麼歷程。

母親沒有一直當老師。一九六〇年代後期，她結婚了。我出生之後，她決定當個家庭主婦。

那也是當市政府終於下定決心，要開通萬大路的時候。一九七〇年代，那條38號計畫道路，終於可以不只是紙上的構想。不過，現實已經和當初日本人做計畫的時候，有點不一樣了。路線上有了一所教堂，一所學校，附近有了更多移民。

不過，萬大路還是按照地圖上那條想像的直線，穿過了玫瑰聖母堂前方的路面，把聖母堂的花園剷平了。少了花園的教堂，仍然繼續運作無礙。直到一九八五年，空間實在不敷使用，信徒們協助拆除兩層樓的老堂，騰出空間蓋一所新堂。次年，新堂落成，是一棟與光仁國小合用的六層現代大樓。

萬大路在一九七五年開通，是一條四線道路，南北貫穿了加蚋仔。路一開通，南邊立刻進駐了果菜公司、魚類批發市場，開始運轉，吐納經手台北市人口需要的果菜生鮮。市場使這個古老城區進入一種新的生活節奏。每天清晨兩三點就開始運轉，卡車載運生鮮進出，卸貨載貨，貨進貨出。到了中午，一天的營生都已完成。貨車離去。街道無人，寧靜欲睡。

這個地方仍然是城市的最邊緣。

母親和父親已經搬到台北市的另一個地方。我和我的姐妹在別的城區長大。人們眼中「比較好」的城區。

我想我母親之所以「不記得」，是因為她「不知道」。這地方有太多來自不同地方的人、各有各不對他人說的故事。就像台灣一樣。這裡就像台灣的縮影。時空中滿是錯開的交界面，人人帶著故事擦身而過。點頭，卻互相不理解。

很多年後，為了寫這篇文章，我開始到處詢問，那個我沒有真正居住過的地方。結果發現我身邊許多人，都曾經在那裡停留過。有的一兩年，有的三十年。有的在那裡讀幼稚園、讀小學，或是家裡剛搬到台北時，落腳在那兒。一個邊緣地帶，一個有過許多人群混雜，有過原住民，漢人，日本人，本省人，外省人，外國人的地方。一個最老的聚落，一個曾經靠近死亡、又覆蓋了死亡。許多異鄉客以它為家，卻又離開它，去往他方。

物的旅行——如紋樣般重複，像嬰孩般新生

穿越意義的稠林

今年初，我帶一位國外來訪的作家去參觀圓山大飯店。飯店為我們安排了導覽，從大廳開始，細細地說明藻井中有多少條龍，全飯店又有多少條。

好久沒有這樣的經驗了。這曾是小時候走入古蹟時的標準配備，有人來將周遭的裝飾為你細細解釋。竹子象徵步步高升，牡丹象徵富貴，三隻猴子非禮勿視非禮勿聽非禮勿言。你意識到周遭環境，「象徵」密布，如此稠密。為什麼需要做到這樣，連房子也一直告訴著我們什麼？有的是道德教訓，有的是主觀祈願，基本上是要一個富貴長進的人生。像圓山大飯店這樣的地方，則在這

之外，多了一重內建訊息，要告訴你此地如何帝王氣象，風水薈萃。

牛津大學中國藝術與考古教授，二〇二二年唐獎漢學獎得主羅森（Jessica Rawson）教授的《蓮與龍：中國紋飾》（Chinese Ornament: The Lotus and the Dragon），談論了各種各樣常見於中國文物中的紋飾。但當然，不是這種談法。正相反。羅森教授引用庫布勒（George Kubler）的話說：「每一個意義都需要一種支撐物、手段或容器，它們是意義的載體，如果沒有它們，意義就無法從我這裡傳達給你，或從你那裡傳達給我，或者從自然中任何一部分傳達到其他部分。」雖然肯定意義與支撐物之間的關係，但羅森教授也說：「實際上，我們應該警惕過分重視意義，意義時常改變，而形式則穩定得多。」一旦一個文化中的工匠，熟練地把握住某種形式，他會不斷在製作中複製形式，把形式連同技術傳遞給下一代。羅森教授舉的一個例子，是希臘羅馬古典神話中有些人物圖像，被沿用到早期基督教文化之中。宗教改變了，但是工藝的變化沒有那麼快，工匠把代代相傳下來的圖樣訓練，轉用為新的主題。形式一樣，意義被抽換了。

讀到這裡時，我覺得我們都可以從小時候經歷過的那種古蹟導覽，令人透不過氣的象徵密度、與其中隱含的世俗人生脫身了。龍，在民主的時代沒有太多意義，它只是一個被匠人記憶與傳承的形式母題。在圓山大飯店，這個形式其實是當政權要在台灣創造一個「國宴」場所時，所借用的形式，而不是帝王氣象的實質。

因此與其追問龍有幾爪，風水如何，我們應該更要感到，形式與意義之間並不是密合的，存在著一種「空隙」。有了這個空隙，《蓮與龍》中談到的那些纏枝蓮花、纏枝牡丹、渦卷棕葉、龍紋、神獸，才在跨文化的轉用中勃發著形式的生命力。意義需要支撐物，但作為意義支撐物的圖樣，其生命卻比意義更久長（也比想運用這些圖案妝點自身的政權更久長）。形式甚至可以跨越文化，綿延千年。《蓮與龍》中，我們就能讀到這些紋樣旅行了遙遠的距離，在亞洲與歐洲之間。

超越已知歷史的物的語言

羅森教授為《物見：四十八位物件的閱讀者，與他們所見的世界》這本書寫了一篇文章〈畜牧民與大邑商〉。在這篇文章中，她談論一個物件：「亞長墓中的商代青銅牛尊」。這是一件長約四十公分的青銅牛，造型寫實，身體胖墩墩的，腿短而健壯，頭上有彎角。可是它既寫實，也帶點奇想的成分，在牠的腹部兩側，各陰刻了一頭猛虎，虎的身體拉長延伸，有大眼、猛爪。

這個青銅牛尊的出土地點是今天的安陽，史上稱為「大邑商」的晚商城市中心。擁有者名叫亞長，生前是一位軍事將領。他被葬在靠近大邑商宮殿宗廟的地帶，表示他可能是立下戰功的重要人士。他的骸骨上有不少創傷，可能是戰死的。不過，羅森教授指出，亞長入葬的姿勢是俯身葬，表示他是安陽的少數族群；他陪葬品中有許多物件，文化淵源來自北方歐亞草原，表明亞長與北方之間的關聯。

如此看來，北方的遊牧民族應該曾在大邑商扮演過重要的角色。我們過往所讀的夏商周歷史沒有告訴我們這些。在用文字講述的歷史裡，堯舜禹湯文王武王周公孔子被建立成聖賢的傳承。在通俗文化裡，商與周的競爭被化為《封神榜》。兩者都沒有透露，大邑商與北方歐亞草原的關係。物件保留了文字說明不了的線索。只依賴文獻說法的歷史，是不完整的。

如果我們對著圖像的語言，張開眼睛，能看見什麼？

沒有一種新的表現形式，是憑空出現的。這個看來寫實的牛尊，也不會是。

羅森教授在《蓮與龍》引用貢布里希（Sir E. H. Gombrich）的話，說明在工藝中，即使是對自然的轉錄，也是文化性的：「不經訓練的個體無論天賦多高，如果不借助傳統，還是無法描繪自然。我在知覺心理學中找到了原因，解釋了我們為什麼無法直接『轉錄』所見，而必須在『製作與匹配』、『圖式與修正』的緩慢過程中求助於試錯法。」羅森教授的文章指出，亞長時代的安陽，動物造型的器物非常少見。那麼這個青銅牛尊的出現，與它的製作之所以可能，究竟告訴了我們什麼，有關它背後代表的北方文化、與安陽這個地方的關係？

在〈畜牧民與大邑商〉這篇文章的結尾處，羅森教授說：「我個人認為，以真實動物為造型的新設計突然出現，應該與中原和北方的往來有關，當時商人遭遇了駕車南下的人群，他們是畜牧者，在黃土高原和更北的地方牧養牲口。馬車和馬匹的到來，理應激發人對其他動物的興趣。商代貴族固然可以駕馬車獵殺老虎，但在同時，這些巨型貓科動物也能捕殺當地的牛羊。我們永遠無法知道，當那些鑄造者在牛腹側鑄上猛虎圖案時，他們自認傳達了什麼給我們；但也許我們見到的，只是晚商時期環境改變的一些跡象。我們當然應該關注、也要體認到，這種結合方式是新的，顯示或許有新的常俗與信仰。但或許，我們永遠不可能確切知道，那是些什麼樣的改變。」

物的語言透露了文字沒有說的事。但是為了解讀物的語言，我們必須上升一個維度，到誕生物的環境，到環繞著出土地周遭的那些交錯的影響。到更廣闊些、流動的時間與空間。

倘若我們那樣觀看，那麼，物的語言令我們自由。

時間的波光上，物所記憶與所遺忘的

在文學中，常有這樣的敘事：一個物品，乘載著某些意義或記憶，引導著故事的發展。

川端康成的《千羽鶴》就是這樣一個故事。《千羽鶴》中的人們，是與茶道有關的兩代人。因為上一代的不倫戀，使下一代被籠罩在沉重的罪惡感中。小說中出現的志野燒水罐、志野燒茶碗、唐津茶碗、黑織部茶碗，是上一代使用過的。這些茶道古董物品，在上一代的情感牽纏中往來被餽贈、收購，或作為信物般地使用過。人亡故之後，物仍然存留。

雖然川端康成沒有明說，但我私以為，這個小說實際上是關於日本的「終戰」。年輕一代雖然不是戰爭的發動者，卻繼承了戰爭的遺產。

在《千羽鶴》中，下一代對上一代的關係，是割捨不斷的延續、繼承，伴隨著難以化解的罪惡感，沉沉地壓在主角身上。不過，《千羽鶴》有續作——《波千鳥》。到了《波千鳥》，時間畢竟發揮了作用，主角們不再無法逃脫「複製貼上」上一代命運的業感。罪惡感仍有，但已拉開了空間與時間的距離，逐漸淡化了。像陽光灑落的海面上、躍動於波浪之間的千鳥，牠們的翅膀有力量，並不會被浪潮捲走。《千羽鶴》故事中的志野水罐、織部茶碗，這些物件仍然出現，但就像形式與意義之間出現「空隙」，主角在《波千鳥》中獲得了抵抗敘事的能力，能夠擺脫由別人賦予這些物件、附著其上的痛苦記憶。川端康成讓其中一位主角說出這樣的話：

「那只茶碗自有它美好的生命，所以應該讓它離開我們活下去。……儘管我說的『我們』，頂多五、六人罷了。過去不知上百人曾正確地珍惜使用這茶碗，據說它已有四百年的歷史。即便太田先生、我父親、甚至栗本擁有它的時間，在茶碗漫長的年歲中依舊非常短暫，就像微雲飄過的影子。但願它能落到健康的主人手中。在我們死後，我仍盼望那織部茶碗在某人手裡常保美麗。」

我很喜歡這個發展。在《千羽鶴》中，年輕一代的主角們面對承載著上一代罪惡感的物品，還沒有太多力量能與之抗衡，無法不傷及自己。女兒文子為了掙脫束縛、也為了讓母親自由，必須打破母親的志野茶碗。但到了《波千鳥》，菊治已經能夠看到，物品本身有四百年的歷史，只要離開自己的身邊，就能獲得新生。《千羽鶴》初版發行於一九四九年，《波千鳥》則是收入在一九五六年《川端康成選集》中，兩部作品的完成，距離戰爭結束都不是很久的事，罪惡感與痛苦仍是淋漓的。這兩部小說，總令我感到是川端康成隱晦地在寫終戰這件事。既是寫終戰，也是在寫染污與洗滌——人、茶碗、群體。

大邑商的青銅牛尊，經歷了什麼？它的墓主是否殺人、也被殺？或者他護衛了什麼，繼承了什麼？我們不知道，因此不會稱之為罪。我們在遙遠的後代回望，胖胖的青銅牛尊以它令人驚嘆的形式出現在我們眼前，像一個新生的嬰孩。

而工匠們是這歷史長河中的一部分。即便生在他們的時代，工匠們必然經歷著他們時代的悲喜。有人是俘虜，有人流亡，有人是商賈或移民，帶著他們的技藝、他們繼承而來的圖案形式，旅行到遠方。就像那些圖案彷彿可以接連不斷、永遠重複或變形而延續的纏枝花卉。倘若人類文明消失，外星人來到地球，看到那纏繞的、連續的、斷裂的、變形的、無盡的圖樣，或許會以他們那另一次元的感官瞬間領悟到，這正是消失的人類文明中，有關時間的本質。

用時間換取勝利——那是人類對未來的信任

之一、時間：從「來不及」開始

《葬送的芙莉蓮》一開始似乎是關於時間。

英雄的冒險在故事一開始就結束了。有一群夥伴們，在一起十年，十年間生死與共，成功討伐了魔王，回到王都，受到國王表彰、群眾夾道歡迎，廣場上立起了他們的銅像。這一天，夜空出現每五十年一次的流星雨，彷彿誌記和平時代到來。

夥伴互道了珍重再見，出發去擁有各自的日常。五十年過去了，勇者變成禿頭矮小的老頭，僧侶長出了皺紋，矮人也不如以往的強壯，紀念英雄凱旋的銅像，漸漸生出鏽斑，唯有芙莉蓮幾乎沒有變。因為她是存在於世超過千年的精靈。她的時間尺度與人類不同。

故事開始在這樣一種「冒險已經結束」的氛圍裡，除了淡漠的芙莉蓮外，所有人似乎都有一種「美好的仗我們已打過」之感，有一種「已竭盡全力，不負此生」之感，「接下來的日子就讓它絢麗歸於平淡」之類。最艱難、最巔峰、最輝煌都過去了。而這些英雄不怕成為和平時代裡的平凡的人。

不過事情對芙莉蓮有一點不一樣。十年只是她生命的百分之一。在勇者欣梅爾的葬禮上，舉國隆重哀戚，芙莉蓮意識到自己並沒有來得及了解他，而落下了眼淚。原來這個人類的生命就這樣結束了啊，為什麼自己在「來不及」了的時候，才意識到不夠了解他呢？

好，問題來了。如果勇者欣梅爾仍然活著，芙莉蓮就會有充分的時間去認識他嗎？恐怕也未必。很可能她還是會把時間花在旅行四方，搜集魔法。其實正是這個「來不及」——人類欣梅爾的有限人生來到終點，永遠地關閉了與他再有任何進一步對話或接觸的可能性——才打開了芙莉蓮「我對他一無所知」的意識。

這是不是精靈芙莉蓮在她的漫長時間中，第一次經歷「悔恨」之感呢？我們不知道。「悔恨」是一種與時間、與決定，高度有關的情感。芙莉蓮在葬禮上的「悔恨」，是擁有近乎無限時間的精靈，意識到某個重要事物在時間中消亡了，即便她自己擁有的時間仍然無限，但那個事物卻不會再生。

雖然她是精靈，因對她而言的一名重要他人是人類，而人類的生命有限，所以她也就會失去這個人。她的無限時間，被他的有限時間影響了、留下了印記。這是芙莉蓮在葬禮上嚐到的，時間的新況味。

之二、夥伴：對遺忘有所準備

但是，《葬送的芙莉蓮》又不只是關於時間。

勇者、僧侶、矮人、精靈，這四人組合的冒險夥伴，各自生命的長度不同，性格、身分也不同。十年相處，讓他們非常了解彼此。應該說，他們的思考中，已經把彼此的不同，這個「多元性」考慮在內了吧！

當中，最早過世的勇者欣梅爾，似乎也是對人類生命的短暫，對於遺忘，最有所準備的。每次從魔族手中解放一座城市，他都會接受城市的造像。後來當芙莉蓮踏上回顧之旅，所到之處常有他們一行人的銅像，定格在年輕時候的模樣。

欣梅爾熱愛被造成銅像，是芙莉蓮經常和他拌嘴的事情之一。不過欣梅爾說，這是為了「不讓妳在未來變成孤單一個人」。

表面上看，這是給芙莉蓮的紀念。但實際上，銅像主要的對象是後代人類。因為每當芙莉蓮再訪一地，她當年拯救過的人，總是已經老了，或是死了，甚至過了兩三代。倘若歷史記憶沒有傳遞下去，人類不會記得這位魔法使。欣梅爾說：「我們並非傳說，而是真實存在過的人」，這句話不僅是說給芙莉蓮聽，也是留給後代人類的。

人類是弱小、生命短暫，但是善用時間的生物。人類的記憶注定不完美，但是時間卻有可能站在人類這邊。例如，「腐敗的賢老庫瓦爾」之役。庫瓦爾是一個太強大的魔族，八十年前打不過他，只能將他封印。但是封印住他後，整個大陸的魔法使傾力研究、解析庫瓦爾的殺人魔法，獲得突破性的進展，殺人魔法被納入人類的魔法體系，變成人類的「一般攻擊魔法」。像費倫這樣的新進魔法使，不知其歷史緣由，卻能熟練地使用（想像古代數學大師的算數，變成現代中學生教材）。當初解決不了的強敵，用時間換來逆襲的可能。人類沒辦法活得長久，但有方法讓知識傳遞下去。

正是因為人類生命短暫，才會格外熟知，在時間中「傳遞」訊息的方法。立銅像，讓人記得芙莉蓮。製作書籍，把知識傳遞下去。感覺欣梅爾早已把芙莉蓮的漫長生命考慮在內。對他們拯救過的人而言，拯救不是一次，還有芙莉蓮這個「永久保固」。未來魔族還可能捲土重來，而生命有限的勇者，也已在時間中埋下伏筆。以銅像抵抗遺忘，希望芙莉蓮回來的時候，人類記得。因為有芙莉蓮，勇者一行人的冒險還沒有真正結束，還朝向未來開放，還可以再回來、再拯救一次，這次帶著新一代的夥伴。

北方又有了魔族。新一代的冒險者，費倫與修塔爾克，分別是僧侶與矮人託付給芙莉蓮的年輕人。人類在時間中傳遞訊息，並不完美。即使有銅像，人類還是會認不得芙莉蓮，將她誤抓進牢裡。經過一段和平時期，人類也會忘了魔族的習性與謊言。時移事往，歷史常被錯誤地記憶和解讀。在各種不完美的傳遞中，夥伴真正能留給芙莉蓮的，是幾個活生生的獨立新生命：僧侶海塔收留的孤女費倫，艾冉教過的弟子修塔爾克，他們在自己的故事裡，與芙莉蓮建立起全新的信賴關係。沒有比這更有效的傳遞了。

有一點很有趣，是芙莉蓮收藏魔導書的癖好。例如大魔法使弗蘭梅的魔導書。芙莉蓮是弗蘭梅的弟子，她最知道，世上流傳的弗蘭梅魔導書都是贋品。即使知道是贋品，她仍然樂此不疲地收集，這又是為什麼呢？芙莉蓮在旅途中，必定經常看見，所有的記憶都不是完美的，都有遺忘、假造、虛構、或添加想像的成分在內。即使如此，記憶仍然有記憶的作用。她會不會也是以同樣的想法，看待到處流傳的弗蘭梅魔導書呢？當中有的仿造得精美，有的粗製濫造，而舉世只有她一人知道，眼前這本偏離弗蘭梅的魔法多少。

沒有任何紀念物，能完美重現她與勇者一行人的經歷。沒有一本魔導書，是她所認識的弗蘭梅。這些她都早已知道，卻享受著這當中種種小小的、殊異的樂趣，那就是芙莉蓮。

之三、他者：人、精靈與魔族

芙莉蓮的師父是人類，弟子也是人類。

這個從時間、人與精靈不同的時間感開始的故事，漸漸展開為不同生命形態，異類與異類之間的故事。在北方諸國，古拉納特伯爵的領地，芙莉蓮一行人遇到了打扮得像人、作為外交使節來與人交涉的魔族。在這裡開始，故事揭露魔族即便有著似人的外表，內在卻孑然兩異、且永遠會是人類威脅的本質。能說話的魔族又更危險。因為人類使用語言來溝通，但魔族雖然模仿人類的語言，說出口的卻是欺騙。語言服務於其生存的本能，而不是公平，或是真實。

這樣的魔族，真的和人類有很大的差異嗎？在作者的世界觀裡，是的，魔族是從腦部生理結構就與人類不同的種族。魔族的生命形態、生活習性，社會結構，也使他們與人類不同。弗蘭梅教會了芙莉蓮控制自身魔力的方法，要她用一輩子欺騙魔族，把自己像一個祕密般守住，只在決勝的瞬間釋放魔力。這種奇妙的，收納好自己的魔法，竟是芙莉蓮強大的祕密。

魔族無法做到，因為魔族本質上，就是會壓制對方、展現優勢的種族。不展現優勢的魔族，無法在魔族的社會中生存。因此但凡大魔族，都是一些把魔力像動章一樣別在胸前，到處展現的傢伙。「斷頭台的阿烏拉」就是這樣的角色。她被隱藏實力的芙莉蓮欺騙，敗在自己的天秤魔法之下——是她的魔法設下弱肉強食、贏者全拿的規則，沒想到強者是他人。看到這裡，簡直像讀到政治經濟學名著《國家為什麼會失敗？》中，榨取型社會無法長遠繁榮的理由。

動畫目前的進度來到這裡（大約是漫畫單行本第三集的劇情）。但是在漫畫，繼續進行的故事中，更複雜的演繹發生了。

先是出現一位更強的精靈，位於大陸魔法協會頂點的賽莉耶，是芙莉蓮師父弗蘭梅的師父，藉著賽莉耶與芙莉蓮較為接近的漫長時間感、與她更加淡漠的性格，呈現芙莉蓮是一位更接近人類的精靈。她的沒有野心，她的單純喜愛搜集魔法和懶散，與建造起階層評價體系的賽莉耶不同，是弗蘭梅口中，未來和平時代的魔法使。

然而接著出現的，又有一位特殊的魔族，「黃金鄉的馬哈特」。從某些方面看，他跟芙莉蓮有點像，只是他是魔。孤獨生活，對魔族沒有忠誠感。對人類好奇，但仍保持著魔族的本性。沒有惡意、沒有罪惡感、也沒有正義感。與其說是屬於某一「族」，更像一個個人主義的個體。倘若讀者讀到「斷頭台的阿烏拉」之章，對於魔族的本性急於撻伐、將之劃為非我族類，不妨稍稍且住。到「黃金鄉的馬哈特」出現時，轉折彷彿將至。至少，不會是那麼決絕兩分的。

「黃金鄉的馬哈特」，這個強大的魔族，與一名人類締結了關係。他效勞於這位人類領主，並不是有任何理由必須受制於他，不是因為領主比他強大，甚至領主遇到他的時候，已經奄奄一息。這名領主，是一個接近魔的人，深陷在貴族間的政治鬥爭，失去了兒子與部下。古留克這個孤獨的人，與馬哈特這個孤獨的魔之間的關係，可以說是特殊的緣分吧，似乎有一種微妙的惺惺相惜的感覺。因為是人魔之間，不知能否用「友情」定義。其他人類不懂得這個關係的特殊與微妙，想用對城邦的忠誠度來解釋、約束馬哈特的行為，完全是弄錯了——古留克以外的人約束不住馬哈特，約束不住就是約束不住，講再多道理也沒用。多年為伴之後，馬哈特在老邁的領主身邊，在他同意之下，從領主開始，將所在之處，城邦森林都化作黃金，自己也成了大陸魔法協會必須暫時封印的魔族和詛咒。直到多年以後，他的人類弟子鄧肯與芙莉蓮前來。（又是一個以時間換取方法的故事。）

馬哈特的領主是人類（古留克），弟子是人類（鄧肯）。就像芙莉蓮的師父是人類（弗蘭梅），弟子也是人類（費倫）。馬哈特因為古留克而改變，就像芙莉蓮因為欣梅爾而改變。與這個特殊他人的關係，使馬哈特在魔族的光譜裡，比其他魔族更靠近人，就像芙莉蓮在精靈的光譜裡，比其他精靈如賽莉耶者更靠近人類。馬哈特想要知道與人類共存的可能，但不是基於善意或人道主義

（他仍然是魔，沒有這些東西）。馬哈特的黃金魔法，由他自己蔓延出去、改變物質屬性，從接觸而變化，也與其他魔族的攻擊不同。有一種奇妙的感染性。他的魔法擴散，生出他自己的魔鄉，在這個魔鄉中，一切都成為無機質，永恆不變，但沒有生命，他自己也無法解開。這是他要的嗎？這當中有慾望嗎？似乎也沒有，他說他想要到別的地方重新開始。

在第十集的最後，一度被黃金魔法變成黃金，完成解析後醒來的芙莉蓮說：「把萬物變成黃金的魔法，在現在這個瞬間，不再是『詛咒』了。」

無論後面的發展是什麼，到此為止，已經有不少值得深思。多元物種的共存，對精靈芙莉蓮和她的人類朋友而言，是善意與幫助。對魔族而言，是殺戮不同物種。理論上是這樣。但人類貴族古留克、魔族馬哈特之間，竟然產生奇妙的關聯。這種關聯，遠超過古留克與他的貴族同儕，馬哈特與其他魔族的關係之上。《葬送的芙莉蓮》沒有停留在廉價的、過度簡化的非我族類式正義。

魔法的界線是想像力，想像不到的，就施展不出。理解不了的，就無法解開。芙莉蓮面對馬哈特的方式，是解析記憶。魔族中則另有賢老預知至此，想要隱藏記憶。倘若有一天雙方擁有同樣的記憶，和平是不是就會到來？當然完美的共享記憶永遠不會有，不同的物種，終究是以不同的時間感在生活。不過也不會完全沒有互滲，有時物種間就是會細微而特殊地發生關聯。多像人一點的魔、或多像人一點的精靈，實際上是什麼樣的存在？馬哈特因為終究無法理解人類，而無法逆向解開自己施加於人的黃金物質變化。最理解人類的精靈芙莉蓮，卻能夠將之逆向解開。她是否在這過程中，也理解了馬哈特這個魔呢？

倘若答案是肯定的，那麼，當初賽莉耶的弟子們，阻止師父用殺戮馬哈特劃下句點，而用封印換取時間，換來的東西可真的不得了。不但是讓北方可以從黃金鄉詛咒中恢復原樣的機會，也是未來物種共存的可能（即便再微小）。精靈賽莉耶經常認為教人類弟子沒有用，他們生命太短，來不及登峰造極，她經常視他們為「失敗品」。但是她的弟子們當中，弗蘭梅教出了芙莉蓮，其他弟子勸退她，以封印代替殺戮馬哈特。這些人類魔法使雖然壽命不長，又無法全知，卻似乎懂得某種「時間的魔法」，而將此刻交付予未來的變數，即便那不是他們看得到的未來。這是基於對未來的信心，還是因為他們能夠想像一個不同的未來呢？

——既然魔法脫離不了想像力，那麼能夠想像一個不同未來的他們，確實不愧是一級魔法使啊。

於是，時間來到了故事的當下，芙莉蓮與黃金鄉的馬哈特相遇，某些轉變似乎即將開始。這是人類魔法使弗蘭梅的同學、賽莉耶的弟子們，在多年以前埋下的伏筆，像一個時空膠囊，由芙莉蓮打開，把故事續寫下去。

輯三

路徑與標記

時代通過了它的管道，在大風的一年

時代來到一個奇異點。文學在嶄新的世界面前，將首先獲得新的形狀，因為它是我們想像世界的途徑。歷史上有無數次，當世界正劇烈地變得不同，書寫者便直覺地感受到，墨守原來的語言慣性早已不能適切表述，於是「文學」便春江水暖鴨先知地進行了更新。就如同近現代史上，中文世界和日本都曾發生過的語文轉變。如今台灣和香港也正在出現中文世界前所未有的集體經驗（前所未有的自由，前所未有的思維和制度衝突）。

當代的寫作者是否也將是，發自經驗對整個中文的記憶庫進行更新的一代人呢？

倘若這樣的更新發生，它憑藉的往往首先是，寫作者在易變的世界面前，手無寸鐵、全然敞開的敏感與誠實。這個時代之中，將有許多事是「第一次」被用文字描摹說出，在這個專欄中我想要試著去說出我所讀到的那些。在我眼裡它們即使安靜毫不喧噪，卻不只是一個美好的作品。我在它之中看到星雲聚散，文明更迭。系統已在迭代更新。

首先要說的是韓麗珠。

韓麗珠是一位對時代之變非常覺知的作者。她也知道寫作之於她的意義：「寫作一直帶著我走進不一定安全的生活之中。文學讓人在尖銳的經驗裡找到安身之所。我一直對自己說，寫作的人只是一根管道，只要把自己帶到不同的未知的狀況，讓人和事情穿過自己，只要明白生命和自我，都如現實一般都是幻相，身體裡的敘事者就可以發出誠實的聲音。」（《黑日》，八月九日星期五）

去年降臨到韓麗珠這個「管道」之中，使她必須用盡身體去感受和理解、發出誠實的聲音，是香港發生了反送中。《黑日》這本書，雖說是韓麗珠「反送中以來的日記體散文」，係以日期一天天編整而成書，但整本書讀下來並不完全均質，隨外在事件演變，其書寫亦發生情緒和節奏的變化。大致可分成四個階段：

第一段是四到六月，在反送中運動前以及初期——這時期韓麗珠對當下城市進行著觀察，交織著她過往的回憶；她有失去過「家」的感受，也知道香港正在發生「溫水煮青蛙」的變化。

第二段是七到九月，這時，香港警暴升級，體制已經毫不遮掩其粗暴，韓麗珠被這崩壞所衝擊；這一段文字的刺痛點較多，對整座城市命運未卜的感受更深；雖然仍然內省，但也有衝口而出的反抗，所承受的情緒衝擊明顯不同於前一階段；她在向外反抗與回身內省之間來回對話。

第三段是一段回顧，回到二〇一四年九月、十月兩個月的日記，讀這段會感到，許多事在五年前已經埋下種子。

到了第四段又接回二〇一九年的十月和十一月——彷彿經過一段對二〇一四年的回顧，韓麗珠重新在二〇一九年的當下現實中站穩了腳步；這段時期發生了警察進攻大學校園，城市宛如戰場；但韓麗珠的語言比起第二段更多了些平靜堅定。

我特別喜歡末段最後一天的日記，韓麗珠與友人到海邊，海風極猛，人幾乎站不住腳，那時她想起自己在示威的人潮當中，受不知名的推力而湧動。這個意象濃縮了整本《黑日》，一種人在時代風暴中的存在狀態，就像班雅明的新天使。

時隔一年再讀韓麗珠所寫的這些文字，比初次閱讀更見其全景。韓麗珠的這一年，她對「當下」的承受，和她（作為一個「管道」）出於己身生命觀迴旋而出的空間，成就了《黑日》，是中文世界中沒有前例可比的一回散文書寫，猶如在薩拉耶佛等待果陀。世界通過了她，從她的生命觀與世界觀之中再次浮出。這樣的通過煥發著更新的作用，而在未來播下種子。那是極為重要，但許多權力者竟無能懂得、而逆風抵抗著這超出他們理解之外的重要版本更新。

這是在風中更新未來的一年。

逃跑的世代，與用逃跑路線繪成的地圖

「我們是逃跑的世代嗎？」有一天，W在我們的朋友群組裡問了這個問題。引起她這個問題的，是黃麗群為台積電文學獎寫的評審講評：「我們這一代對父母的大主題是『逃』，等到我們接棒，努力成為『不讓小孩想逃』的開明父母，但子女想緊緊攀住你時你又因形格勢禁無能為力，或甚至，根本不曾想過子女並非像自己一樣『不想黏著父母』，反而是懂事地不敢黏著你、不敢說出『我想黏著你』因為怕讓你為難。」這段話是黃麗群對著去年散文首獎〈重慶印象〉而說。

黃麗群所指的「我們這一代」，大約就是包括我在內的六年級。我們這個世代與父母的關係之所以是「逃」，在我看來恐怕是有一種時代整體的緣故在裡面。我們的父母親是各種各樣的「移民」第一代，從鄉到城，從中國到台灣，母語到國語的移民。有可能是家裡第一位上班的女性，或家裡第一個上大學的人。板塊劇烈移動，外在環境有一個主述的集體敘事（如戒嚴、經濟起飛）；每個個人的經驗雖非常不同，卻未必有語言可以對應那不同。話語經常還是從大環境借用的，類型化高過個體感。

我母親在引用民間諺語教我道理的時候，經常加上這麼一句「不然怎麼會有這句話」。要說服她採納另一種道理，需要拿出成立的「類型」，讓她能類比、掂量，更好的情況是讓她能重新做價值排序。不過，這是我很久以後才明白的事。在早年，我只能繞路而行。「我們是逃跑的世代嗎？」我對這個問題太過百感交集。

我是啊，一直在逃，直到我漸漸能夠感到，逃跑也是在繪製地圖。

當我讀到漢德克的《夢外之悲》如何寫他的母親時，雖然是那麼不同的世代、不同的地域經驗，卻覺得有一點共鳴：在歷史之中，夾在劇烈移動的板塊之間，一個小人物已知的語言難以完全表述自身，他怎樣理解與體驗自己的個體性？漢德克不急著描寫他母親如何與眾不同，反而是從「匿名的集體」反過來寫她。「人們在自己的意識中，看見自己所做的動作同時被其他無數的人重複著，於是這些動作形成一種運動的節奏——生活也藉此得到一種既被保護且又自由的形式。」這是從鄉間到城市工作，剛開始獲得一點個體感，立刻又被整理進國家集體裡的，漢德克母親的臉孔。

台灣的經驗不同於奧地利。我們父母親世代的語言，比漢德克願意在母親身上回想起來的，更豐富些。但父母親的世界也幾乎都是「折疊」過的（此處借用朱嘉漢小說裡的用詞——「折疊」）。往內折起一種母語，一種鄉音，一些沒有實用作用的好惡，好與外界集體齊平地相接。他們從折疊起來的形狀往外看，也把那些觀察所得投射給我們。所謂我們這一代對父母的「逃」，我以為，是在逃離那個折疊過的世界觀。雖然無法開口說他們錯，但一時無法勸阻他們慣性的折疊。且憑經驗知道，若靠得太近，那折疊便會被加到自己身上來。

於是盡可能遠離，不折疊自己，不折疊他人，在各種人際關係上盡量「不讓人想逃」。保持著相當有禮的疏離。幸而，在我們成年之後，時代漸漸在展開。

閱讀朱嘉漢《裡面的裡面》就有這樣的感覺，時代繼續在展開，一個關於他曾祖輩、祖輩先人的故事被小說家展開出來了。他們當中有人曾經加入台灣共產黨，有人在中國擔任通譯，有人留學日本，有人先學習成為護士後來又做貿易。他們都是某種意義上的第一代（家族中第一個留日、第一個去中國、第一個逃亡……），但是留下來的敘事卻少得不成比例。朱嘉漢的寫法，他用不斷向內折紙般的、內向的語言來寫，是看見其中有太多失語、失憶，但並不試圖用想像填補全部。他展開他們的折疊，但保留著，其中乃有失語和失憶，是我們必須尊重、面對的。

那並不是與今天斷裂的歷史、完全在我們身外的故事。我們也有自己的失語和失憶時刻。對我而言，我閱讀《裡面的裡面》的方式，是讓它提醒了我，在我自身周遭也還有許多空白。

無聲者多於發聲者，無法一眼看盡的旅程

有時人會在不知不覺之中，受到某些下意識的制約，變得只問自己知道答案的問題。變得不再真正出於好奇而問。變得期待一切事物都要在兩分鐘之內，用已知字詞被解釋清楚。變得不再看向沒有答案的方位。而在不知不覺間，限制靈魂轉動的力矩。

倒帶回起首的句子，我本來寫的是：有一種人只問自己已經知道答案的問題。有一種人。然後我想了想，我也有可能那樣。那不是一種人的分類：你會，我不會，他會，他們不會；而是一種慣性的結果——任何人都有可能落入那習慣，如果放任自己被制約的話。

可能是因為早晚匆忙的出門時間，因為工作的時長，因為社交對話所能容許的冷場秒數，或在社群媒體上的反應速度……等等，我自己也有可能成了這種人。我提醒自己，你要盡力從一切使你落入那種習慣的拖曳力量中脫身。

其實台灣的歷史、台灣周邊地域的歷史，「我們」是誰的故事，這裡面就充滿了無法用簡短答案回答的問題。近年每當讀台灣史研究，我總是覺得自己很無知（當然這要感謝幾代台灣史學者不斷累積新的成果所致）。一方面為那無知而慚愧，一方面安慰自己還有大片的知識待補可以去了解。大抵就是在這樣一種，又焦慮又好奇的情緒之中，獲得對歷史的新認識。

我往好處想，告訴自己：那是因為所有過去以為已經知道的，現在鬆動了。包圍著認知的那些牆，磚塊掉落下來，使你看到牆的後面原來還有大片的空間。還想要了解原住民角度的歷史，平埔族的大遷徙。走進台南延平郡王祠會還想要了解留在其中的日本神社祭物，也想了解一下淡水與清法戰爭的關係。

你也是這樣閱讀歷史的嗎？在接受知識的補血的同時，一邊感到還有那麼多的事物你不知其所從來、所演變。一邊讀史料，一邊就會意識到歷史上的無聲者比發聲者更多。台灣的歷史尤其是如此。因為歷史的行為主體，當中有無文字傳統的原住民，有無法為自己寫下歷史的人。

歷史小說家錢真說她在寫《羅漢門》（朱一貴事件）的時候，心裡很清楚，史料中留有文字的不可能是故事的全部。因為這些史料的書寫者，比如寫了《平臺記略》的藍鼎元，本身就是大清帝國派來平定朱一貴的軍中幕僚，因此是「平亂者」的視角。朱一貴和他的朋友心中想什麼？為什麼會發動起義？錢真研究了他們的口供。

但即使如此，也仍然要知道，口供是這些人被擒之後，面對官府而說的話，許多人的口供言語是破碎的，未必能還原一切。朱一貴是他們當中將造反理由、對官府哪些舉措不滿說得相對清楚的——他果然是帶頭的領袖。錢真讀遍了這些檔案，知道真實止步在「文字」記述之外（而在那個時代文字本身即是權力）。於是她開始有意識地「虛構」，讓朱一貴和他的朋友們說話。

在這例子中，「虛構」本身有一種真實的意義。也許對像我們這樣，還在不斷認識自己歷史的人而言，能從台灣歷史中學到的一課即是：歷史不會是一道答案全部已知的問題，不是一趟終點全能看見的旅程。

布列松說，拍出好照片的唯一祕訣是「讓自己處於接受狀態」（be receptive）。或許，對我們這樣的人群而言，恆常「處於接受狀態」格外重要——問那些沒有答案的問題，即使答案令我們驚愕，好過認為自己已知道一切。因為有許多事我們不知道。許多人群的視角、各種的故事，如底片上的感光等待被顯相，問題等待被問出。

理性與感性與未知性，另一種版本的珍・奧斯汀女主角

突然被拋擲到一更大世界的感受是什麼樣的？在巨大的變動之海上，試圖抓住一片浮木的感覺是什麼？在讀歷史學家琳達・柯利的《她的世界史》時，我一直想到這個問題。

這本書就像另一種版本的珍・奧斯汀小說，只不過它寫的是歷史上一位真實女性的傳記。這位女性的時代，比奧斯汀稍早一些，在十八世紀。而她的人生，說出了奧斯汀小說沒有說的故事。在奧斯汀小說中，角色們的外在任務，幾乎總是「結婚」。這個婚姻，從主角身邊簇擁的旁觀者看來，必須要門第適合，能帶來可觀的財產或嫁妝，以保角色自己與家族的社經地位不會向下，而

是平行或向上流動。

小說中的戀愛與婚姻配對，充滿了焦慮——就算主角們自己不是如此，身邊的家人也總在替她們焦慮。那些名門舞會、田園宅院有多美妙，每個社經地位不穩的人心中就有多大的黑洞——亦即，有多恐懼掉出那個世界之外。

相反地，黑洞的消滅與「正確的愛情」總是同時發生，一體兩面。《傲慢與偏見》的伊莉莎白．班奈特與達西先生發生感情的時候，也是伊莉莎白得以保留原有生活方式的時候；《理性與感性》的達斯伍姐妹結下好姻緣時，更是他們在父親過世後唯一重回優渥生活的機會。

琳達．柯利所呈現的十八世紀真實存在過的女性，伊莉莎白．馬許的人生際遇，也有過一點點奧斯汀小說的元素，只是沒有那麼多舞會，而多了英格蘭之外的地理空間。她的父親是一名為英國王家海軍服務的專業工匠，憑著他高超的專業技能，加上十八世紀正值大英帝國向海外擴張之時，服務海軍的專業人士得到了發展機會，馬許家得以從平民小康上升到底層仕紳。

馬許是非常美麗的女子，她在適婚年齡時曾與一位門第極高的男子訂下了婚約；這位男子也是海軍有關的人士，是一位上校的繼承人。然而美麗的馬許未能保有這門婚事。如果她始終住在英格蘭，就像伊莉莎白·班奈特一樣擁有一個自家莊園小世界，對她的婚姻會安全得多。但她是海軍工匠之女，隨父親駐防在地中海的梅諾卡島，海是她家的一部分。

一回在她乘船往里斯本的途中（可能是去見她的未婚夫），船被摩洛哥人攔截，整船的人包含她在內都被帶到蘇丹的宮廷，成為蘇丹與大英帝國貿易談判的人質。這場國際爭端，唐突又荒謬地改變了馬許的命運。幾個月後她和同船人質一同獲釋。

但她在遇難期間必須與陌生男子相處一室，為了避免被蘇丹納為妻妾又必須與一名同船乘客假稱夫妻，這些真實的遭遇，都使得她在上流社會眼中，已是無法迎娶的女子了。她收到未婚夫撤回求婚的信。她的唯一選擇是嫁給那名一同落難、假稱為她丈夫的人。

奧斯汀的女主角們最大的危機，是在自己的小世界裡愛錯人，錯過婚期；馬許的危機，則是帝國間的貿易競爭硬是對她的婚姻插上一腳。但是命運讓她去到了奧斯汀小說主角、甚至奧斯汀本人都未曾到過的地方。

因為她娘家與海軍有關，後來丈夫又因生意失敗往東方尋找新機會，種種條件將她帶往了亞洲、印度次大陸。而當她成為一位母親，無論她自己的婚姻有多麼不如意，最後她也像奧斯汀小說中的母親般，盡全力為女兒保住一份財產，打理一場婚姻。

奧斯汀女主角們都有happy ending。而在愛情中沒有美好結局的馬許仍然活下去，最終還要維持仕紳階級的排場以幫女兒留好婚姻路。這點也像奧斯汀筆下的母親們。馬許雖將人生舞台拉到了亞洲，也脫離不了英格蘭殖民者隨身帶到殖民地的社會規範，而仍然必須扮演這樣的角色。她盡了全力做一名好母親，如願看見女兒嫁入不錯的人家，外孫成為國會議員。她的向上社會流動之路終於有了結果。

在做為一位妻子和母親之外，馬許這位勇敢的女性，在印度次大陸走上了一趟壯遊，經歷了那些暑熱和雨季，看到了那些在帝國邊陲鬆動的人際界線、文化定義。而在十九世紀末開始寫作的奧斯汀，生活在大英帝國的中心，她的主角們不曾像伊莉莎白・馬許那般離開英格蘭，馬許應該會是奧斯汀的女主角們害怕落入的命運吧。當然，那也是她們無緣經歷的人生。

受傷的神獸在山裡呼吸

間諜小說大師勒卡雷（John le Carré），在幾乎公認是他最好的一部小說《鍋匠裁縫士兵間諜》（*Tinker Tailor Soldier Spy*）裡，寫了個看似平平淡淡、其實劇力萬鈞的開場。

那是在一所升中學的預備學校裡，傾盆大雨中，胖胖的、不起眼、剛轉學來、沒有朋友的小學生比爾，注意到一位新來的大人開車進入校園裡。這個大人是吉姆，新來的代課老師，顯然受過傷，右手臂行動不良。然後漸漸地小學生發現，他法語道地，能說好幾種語言。小學生憑直覺知道這是一個不凡的人物。學校的教職員也感到，這人來到他們當中，就像鳳凰來到麻雀群裡。不過教職員的想像力不及小學生，只擔心這上過牛津大學、卻來路不明的人，會不會是罪犯。

其實吉姆是諜報人員，在歐洲出任務中受了傷。上級給他暫時安插一個位置，過一陣子普通人的生活，也洗一下身分。當然，整個學校的人都被蒙在鼓裡。他所有的經歷，都是不能對這些人說，也不會被理解的。別說諜報，就是他受過的教育、去過的地方，都不是他們能想像的。不過，這個普普通通的小學校，就像一座靈山。他像一隻受傷的神獸，用自己的方式在復原。

他健行，打板球，打高爾夫球，讀小說。為什麼是小學？為什麼選擇一所小學藏匿和安置受傷的諜報人員？我們不知道。但至少，對孤獨的小學生比爾而言，這是個天賜的禮物。小學生比爾，默默代入認同這位獨行者，用他的方式，在心中保護著這個受傷的大人。

這個開頭我太喜歡了。兩個孤獨的人，一個小學生，一個大人。一個有過特殊故事的人，隱身在最最日常平庸的所在。吉姆這個人物有點「虎落平陽」

的味道，但他作為「虎」的本性還在，他可能有無法言說的慘痛遭遇，此刻正非常痛苦，但他還是他。背後支撐他的那個巨大的組織，也還在，默默在遠處觀察。耐心地，交付給時間，或被時間交付。

我覺得勒卡雷小說中最好看的地方是這些。不是間諜鬥智的部分（那當然也好看），而是藏匿在社會集體的表面之下，世界的「不均質」忽然浮現的時刻，往往就在尋常人的身邊，特別是在邊緣人的身上，其實一直就有著不同轉速的時間與故事，人們卻一無所知，還按著自以為正確的方式過活。二戰之後、冷戰之初的倫敦，正是勒卡雷放縱文筆去藏匿、去埋設、去描寫各種異質祕密間隔相鄰、遭遇的空間。

比如學校的園丁助手是個移民，說不了太多英語，這樣的人雖然存在，日常卻像個隱形人。有一天比爾忽然對他說話，用的是他的母語，園丁助手高興得跳起來。這個園丁助手有什麼故事，那是什麼語言？漫長時間以來，這是其他教職員想都沒想過要問的問題。邊緣人可能有豐富的故事，他只是說不出，或沒有想到過要說——或者更可能，他不需要說，他只需要一座山，一個無語的容器乘載，讓他在其中活著，呼吸，以自己的方式去復原和度過，既是過去也是未來的每一天。

我在讀陳培豐老師《歌唱臺灣：連續殖民下臺語歌曲的變遷》的時候，比以往更深地被提醒和感受到，台灣戰後社會也存在這樣的異質，也存在無處不在的「受傷的神獸」（有豐富故事但無語訴說的人）。這本書寫從日治時期到戰後台語歌的變化。演歌的唱腔，離鄉失根、悲嘆身世的主題，其實不是在日治時代，是戰後才出現的流行。其中反應的是政治上戒嚴，文化上改用國語教育，經濟上農村凋敝、工業化、都市化，所產生的生命經歷——失語、離鄉、失業、浮浪無根之感。一直到九〇年代，以葉啟田〈回鄉的我〉為轉折點，那句「我已經是一個受盡風霜，吃過苦楚的人」，轉音向上，彷彿有苦盡甘來之感。

當然，台語歌的故事不是所有人的故事，還有更多。這島嶼是一座靈山，收容我們，藏匿我們，於時間之中。或許我們當中許多人，正帶著不等的傷，在各種分類指標中隱姓埋名。傷癒之後，有些故事將第一次說出。有些永遠地遺忘。

所有人共同的靈界，比帝國更久長

朱和之的歷史小說《樂土》，描寫了樂土的失去，和樂土的追尋——一群人樂土的失去，卻是因為另一群人對樂土的追尋。

這本小說的背景是二十世紀初，太魯閣族原住民與日本帝國之間的戰爭。朱和之用多個視角來呈現這個事件。小說中的角色，相對於這塊土地的關係位置不同，和「樂土」的關係便不同，或是現在居住在「樂土」之上，保護自身的文化和生存方式者；或是認為必須開拓和據有山林，來實現國家對「樂土」的想像者。

太魯閣族方面，有繼承了祖父強大背賀靈（bhring）的青年吉揚・雅布與他的家族。有曾和吉揚的家族因獵場邊界而衝突，而後決定離開去尋找新獵場的哈隆・魯欣等人。這場發生在小說開頭的獵場邊界衝突，和往後原住民與現代日本帝國的衝突形成對比。同族的爭執，有utux為裁決者，雖然一開始各自對utux的解讀各自不同，最終還是能在福佑和凶兆顯現中，達成共同的解讀而和解，獵場的邊界也還容許一定程度的模糊。

然而帝國的來臨打亂這些。帝國架起的通電鐵絲網，是絲毫不容許模糊的邊界。在戰爭爆發之前，分布在太魯閣各地的部落，已經感受到外力以各種方式影響著他們的生活，樂土即將不再。有居住在更靠近日本人處、需要貿易的族人；也有相信日本人擁有了「科學」這個更強的背賀靈而無法與之對抗的族人。

日軍方面，有一心想報答明治天皇恩遇的台灣總督佐久間左馬太，有冷靜內斂的內田嘉吉，有比軍事更先行、負責探勘地形的地圖繪製師野呂寧，也有實際真正參與理蕃、深知內情而對佐久間政策抱持反對的警察總監大津麟平、民間的糖業商人山本梯次郎、人類學家森丑之助等等。有在一段距離外遠觀，抱持著台灣乃是樂土、要將之教化成帝國屬地的各級官員，也有實際在這場帝國大夢中目擊殘酷、遭遇凶險，或失去家人而動搖懷疑（但又不斷被周遭說服的聲音所包圍）的人。這個名為帝國的機器上，各種位置的螺絲釘，甚至到日軍的隨軍記者、攝影師等等，出現在小說中，被賦予聲音。

多視角的描寫，使得《樂土》這本小說超越了單純的善惡二元論——並不是部落、帝國兩分，兩方都各自有許多的聲音。歷史上的太魯閣戰爭，耗時約三個月，日本帝國動員了大量的人力物力，以優勢武器壓勝原住民。然而，全書中最令人動容的一段描寫，卻出現在太魯閣人投降之後。

在一九一四年八月，日軍舉行了「內太魯閣蕃歸順式」，號稱九大部落六十四名頭目齊聚歸順。然而到場的六十四名頭目，在見到彼此時，首先花了非常長的時間自我介紹，按肩問禮，自報家世祖先傳承。在日本帝國官員眼中，他們都是一樣的，但在六十四名頭目的立場，他們知道各自都是不同，又在互訴家世中找到共同。這個由日本帝國布置的歸順場域，意外成為「共同體」誕生的地方。

當吉揚・雅布把小米酒淋在已被澆灌得徹底濕濡的石頭上時，他忽然深切地感覺到，在場所有太魯閣人都是血脈同源的手足，是死後都會前往同一個祖先靈界的親人，而大家所供奉敬畏、祈求福佑的utux，也都是同樣的utux。他虔敬地將酒水澆完，抬頭環顧四周，所有的人也都用同樣的眼神看著他。

這是全書中我最喜歡的一段。正因全書絕大部分的篇幅呈現了多種的視角，在部落、在帝國，湧現各種各樣分歧的立場和聲音，此時最終來到的這一個場景，在歸順儀式中湧現的，跨越部落、無聲的共同感應，才會如此動人。原住民表面上是受到日本帝國的打擊，敗戰了，順服了，但是一種新的認同、新的情感正生出。曾經是各自對utux對話，各自解讀靈界的訊息，那一剎那，卻在共同的立場中，生出所有人共同的靈界。

山林果然乃是生生不息的場域。死亡、災禍、遷徙、離散，在現代帝國來

臨時發生。然而與這些同軌並生的是生之不止息。有多大的壓制，就有多大的
靈界被打開。比帝國更久長。

多重宇宙中，迷霧行路者

時間是什麼？時間是推展著推展著便會分岔成平行宇宙，還是多重的平行宇宙終究會接觸與匯流合而為一？倘若平行宇宙之間發生接觸，誰會勝出成為此後的主線？又或者，這是一個沒有意義的問題，因為此刻看起來收伏了其他可能性的那條主線，當鏡頭拉遠，也只是紊亂線球中的一個線頭而已。而那被吸收、被消化、無聲壓抑潛伏下來的，或許又正一絲絲一縷縷地，被編織到下一個即將壯大的主線之中。這，是不是就是時間行進的方式？

錢真的小說，從《羅漢門》到《緣故地》，都擅寫大帝國中的小人物。她所寫的小人物，是如此之小，小到不知帝國如何之大。帝國在《羅漢門》中，是京城遠在北京的大清帝國；在《緣故地》，則是明治維新後的大日本帝國。兩個帝國都在遠方，但也在近前。遠方有它們的皇帝、朝廷、層層的官階與威儀，近前有它們的代理人，官府、收租者，或是警察、公司。星戰影集《安道爾》描繪帝國從遠方統治著邊境殖民地，官僚冷漠，隨手把人逼上絕路。百姓看似卑微，實則頑強，保留著在地的智慧，這裡或那裡地隱匿著逃逸的空間、他者的意識。帝國雖強卻無知，無法遍知所統治的腳下這塊土地。

小人物也是無知的，卻是另一種。在大日本帝國代表的現代國家面前，小人物原生的生活與思考方式（或許可比喻成小人物自己所在的這一重宇宙），遭遇了來自上位、全然不同的思路——更高的權力，更縝密的計畫，有一整個帝國作後盾。沒人向小人物解釋清楚，帝國懷著什麼意圖而來，只有一個聲音總在告訴小人物，什麼可以、什麼不可以，壓制他，打擊他，要他改變。而他似乎聽到自己在問，為什麼是這樣，而不是那樣？

決定事情往什麼方向發展的，是氣？是運？是修行因果？還是軍事力量，經濟產值？

若想改變一件事，是用符咒，道理，武力，或是法律訴訟？理解一件事情是按石碑上所刻，舊書上所寫，夢中所得，自己的靈感，神蹟的顯示，還是官員所講？

《緣故地》中的劉賜與劉乾，活在對這些問題沒有答案、或者說，答案在變動的時代。他們的故事，是關於小人物對著自己、對著彼此，問出「如何讓事情按我們希望的方向發展」，並且與答案角力的故事。他們知識程度不高，也不是存在主義哲學家，但他們被拋擲到這世間，恍惚知道國家主張的道理對他們並不友善，而像薛西弗斯般滾動著巨大的疑惑前行。

小說開始的時間是二十世紀初期，一九〇九年（明治四十二年）。前一年台灣縱貫鐵路剛通車，台灣總督府初步完成清水溪流域的竹林調查，伊藤博文即將在次年於哈爾濱遇刺，故事中的劉乾來到劉賜的屋外。他們是年紀相近的朋友，他們的家鄉（今天南投竹山、鹿谷一帶）正被「日本人統治」這個因素改變。日本人派任的保正、巡查補，與內地生意人開始出現在身邊，代理著遠方帝國的意志。有人能跟隨「勢」的走向，而獲利致富。像劉乾與劉賜這樣的人，是完全不知帝國的計畫、沒有途徑參與新時代的「術」或「勢」的人。百姓原本可以自由使用，維持基本生計的竹林，被總督府收走，總督府又將竹林交給三菱企業。生計被剝奪，加上日本警察的壓制方式，不滿累積，一九一二年（明治四十五年），發生了當地人襲擊派出所的真實歷史事件。

從歷史上看，這個時期發生在台灣的事，有點類似齋藤幸平在《人類世的「資本論」》中所說的，十六和十八世紀英國發生的「圈地運動」。英國「圈地運動」當時，農民被趕出原本共同擁有的農地；在二十世紀初的竹山，是筍農被奪走使用竹林，採竹、採筍的權利。資本將公共財解體，轉移所有權，成為大資本大企業的所有物，以更有效率的機械化工場，重組生產方式。在新的勞動方式中，每個人將如齒輪般只負責一小環節；被零件化了的人，喪失了從土地收穫生活所需的可能，漸漸不再能自給自足，一切日用品變得匱乏而向外購買。

這個齋藤幸平描述為「將公共財解體，並逐漸擴大『人為稀有性』」的資本主義初期發展，對當時的人想必衝擊很大。但在工業化被視為理所當然之後，前工業化時代小農的經歷從集體記憶中被遺忘。竹山筍農遇上三菱企業時的經歷，很接近這樣的歷史進程。

《緣故地》寫的是台灣這段真實發生過的歷史。但小說家錢真擅長的，卻是進入歷史所無法告訴我們的、角色的內面。她在真實的「林圮埔事件」上，藉著小說家的敘事，展開對台灣心靈的探索。身為社會底層的筍農與算命人，識字有限，學習知識的管道有限。對於世道為什麼變成如今這個樣子，他們尋求解釋，卻未必能分辨解釋的價值和真偽。原生文化告訴他們可信的，與外人帶來的法律、科學、新聞、新生產方式相接觸，這些小人物正來到多重宇宙交會處。

農民遇到了公司。法術遇到了法律。如果他們問，「事情為什麼是這樣」，或許算命仙會有一個答案，廟裏擲筊也有一個答案，日本國家則會有一個完全不同的答案。當他們開始懷疑，想要掙脫國家和公司的說法，為自己做出解釋，誰能保證，他們的解釋不是一種編造？來自夢境，來自願望，來自渴望能有些什麼可以相信。就像公司或國家編造理由給他們一樣，人為了拒絕國家的說法，是否必須編造幻境給自己，像劉乾在夢境中尋找根據？

錢真筆下的每一個角色，都在面對著眼前令人迷惑的世道。有人想要解釋，有人想要掙脫解釋。

不識字的漢人筍農，他們的宇宙並不是沉默的。數字都有吉凶，製作家具時按照文公尺上的刻度，把吉數安進尺寸裡。活在山野間，恍惚覺得有異物，用香燭金紙溝通、驅散或祈請。一個人的自我，與非我甚至非人之間的關係，界線在哪裡，要是靠近了界限，怎麼溝通，或怎麼宰制這段關係？用語言，用符號，還是用科學，用夢境？在近代科學以前，曾經有一種溝通方式，是我們現在忘記了的，或許當中確實有行得通的路，或許那也是另一層迷霧，籠罩在人的認識之上。在這個帝國的這重宇宙前，還有上一個帝國所立碑所教育的。

到底要除魅到哪裡，才是自己裸露的意識？

小說中的劉乾，循著自己認為「真實」的路徑往前走時，撞上了「國家」這一重宇宙的真實。時間分化成多個，舊曆的時間、新曆的時間；山裡的、一個人的、與自然相處時的時間；在工廠裡、上班工作、嚴守著鐘錶刻度的時間。錢真寫的這個小人物，其實一路都知道自己並不全知，一路也都與懷疑共行——懷疑自己認知的「真實」其實走不出去、涵蓋不了整個世界，這樣的念頭一直都存在。劉乾身邊最接近他的人——劉賜，阿蕊姐——也並不全信他。錢真寫這種邊界柔軟的，在是與不是、成立與不成立之間，搖擺不定的「真實」。但即使充滿不明確，這個「真實」仍是劉乾唯一可憑依的。也是聚集來到他身邊的人，即便懷疑也渴望憑依的。

錢真這樣描述一場劉賜、劉乾、阿蕊姊三人的聚會：「那個下午，一個詞牽引出另一個詞。他們說著不甚了解的字詞、思想，討論解決問題的方式，恍若他們已經置身在某件事裡面，言語裡面就有力量，去講就構成影響。他們剖開那件事裡面可能隱藏的算計，以及看似有所獲，但其實無望的虛耗，以致如掘井，在找水的時候也失去了光。而劉乾說革命是黑暗中的火種。」小說中的角色，或許，隱隱約約，也知道自己迷途。革命的理由，是不想失去光。這是「革命」這個詞在小說中第一次出現。故事之所以走上後來發展，或許是劉乾除此之外，別無他法能衝出這虛耗的迷霧，檢驗「真實」的界線在哪裡。

所以，究竟何謂「真實」？什麼樣的「真實」能夠超出一個人的相信之外，能夠被客觀化、能夠成立？在歷史上，「林圮埔事件」發生後，台中地方法院的檢察官即出差到林圮埔支廳，展開調查。帝國的代理人，帶著帝國對叛亂的回應方式，下伸來到林圮埔地方了。檢察官頻繁發回法院回報案情進展的電報，為調查階段留下了書面紀錄。最後公開審判為時三天，判處死刑後即刻執行。錢真詳細研究了所有這些調查與審判階段的史料（就像她在《羅漢門》中也研究了朱一貴事件主事者們的口供），在這些關鍵材料的運用上，她發揮了歷史小說家的眼界與技藝——扎實的史實考證，與深入角色內在的想像。她描寫了這些小人物與國家司法的相遇，他們被反覆審訊、刑求拷問、比對說法、核實不在場證明——我認為這是小說中關鍵的一段，錢真在這裡，有意地讓劉賜這個一路以來對「真實」感到迷惑的人，經歷了一回日本帝國建立「真實」的方法。法院的判決成立、且留下法庭紀錄之後，其他個人性的「真實」都不再重要了，會從歷史上消失。判決會發揮效力，建立下一個「真實」，即是這些人的死亡。劉賜隱隱然知道，也抵抗著這個國家建立「真實」的過程。他在最後階段翻供了，想活下去。然而這時國家建立的「真實」已經固著，無論是透過刑求還是交叉審訊的方式建立起的真實，在檢察官書狀與法庭上被論述出來，沒有異議空間，他想要修改真實的行動不被接受。

從歷史後見之明的角度，無論《羅漢門》（朱一貴事件）或《緣故地》（林圯埔事件）的小人物，都是「無知」的，他們「不夠」知道，自己在反抗的是什麼，有多大、有多強。也不知道自己此刻所做的選擇，受到了什麼世界觀與思維的限制。這些小人物在「真實」的典範轉移的時候，付出了生命為代價。但或許，置身在如此漫天的迷霧中，唯一核實「真實」的方法只有行動。所以我們又有什麼資格說他們無知呢？

以小說去看見、呈現這一切的錢真，將筆伸到了歷史無法替小人物發聲的地方。雖然寫的是一場必然失敗的革命，但她對歷史上的人，終究是溫柔的。這個溫柔，來自她作為歷史小說家的視角，從遠方、從很久很久以後、從交纏的「多重宇宙」的線團之外回望，看見裡面的人。在《羅漢門》，她用小說虛構的力量，把某個生還的角色帶回家，像是對整個朱一貴事件後、死於異鄉者的一場召魂。在《緣故地》，她讓倖存者能夠看見文化協會的成立，看到下一代用嶄新的方式串連力量，陳情請願，而這個行動的影響，最後會在遙遠的、未來的民主運動中聽到回聲。

有一個新的「我們」在小說末尾角色的語言中出現了，那不只是劉賜、劉乾、阿蕊這些人與人相識的緣分，是包含了許多互不相識之人、卻同為共同體的「我們」。如同劉賜在生命的最後，不再讓他人為他決定個人的意志；劉乾即使到此生的盡頭，還想承擔其他人來世的去向。故事中的下一代、下下一代，也在以自己的方式走向個體的真實，或群體的真實。走出迷霧的路是漫長的，或說，即使是新的時代，仍不斷會有迷霧在心中、在身邊升起。我們經常忘記，我們也渺小，也和劉賜劉乾一樣，是迷霧中的行路者。

痛苦是一種精細複雜的感受

有句話說，「凡夫畏果，菩薩畏因」。在因果應報如骨牌效應般無盡延綿，無盡連鎖的關係和方向路線圖中，一般人看不了那麼遠，於是害怕那不知何以竟掉落在自己身上的災禍，那名為命運之事物，那沿著路線圖奔騰而來此刻正席捲著自己的終章。菩薩則不然，菩薩敬畏的是種種無始以來，無意之間，種下的因，那被推倒的骨牌第一張，由一張而下一張，而多，而分歧，而浩浩蕩蕩，不斷加速，不斷倒下。誰又能上升到空中，去鳥瞰這由共時連續觸發的因果鏈所構成的繁複圖案，它正如何鋪展開來，又往怎樣更複雜的體系觸發而去？

在寺尾哲也的《子彈是餘生》這本小說集中，我們會遇到一些角色，還會經常與他們重逢。他們是資優生，聰明，成績頂尖，優秀到去參加只有這麼優秀的人才有門票進入的競賽。然而有競賽，自然有勝負，有最聰明、較聰明、普通聰明的等級被分出來。當中會有真正的天才，他的存在本身是所有人都跨不過去的山脈，在他人的生命中投下長長的影子。

乍看之下，寺尾哲也寫的是一群活在學校與社會評比系統的頂尖位置，菁英中的菁英。實際上他所寫的，是這個系統。系統由複雜的因果鏈構成，因為是在人間，它的每一張骨牌倒下都會同時牽動許多人。

當中最聰明的人，未必是能在這世上存活下去的。在一切他能解開的謎題中，他或許更加渴望解不開的、被主宰、被壓勝的時刻。被霸凌、被虐待、被欺辱，與被肯定、被包容、被接受，之間的痛苦與快感難以區分。（說到底，參加競賽、被社會評比，不也有這樣的性質嗎？走入社會，去努力將自己化為某一群人中的一份子，又何嘗不是？）

至於第二聰明與第三聰明的人，在這個世界上等著承接這些聰明人的，是一些特定的環境。灣區矽谷，工程師的生活方式，移民者的圈子。他們確實是到達了社會評比的頂端，至於頂端的風景如何？那是另一回事。

寺尾哲也筆下的這個世界，其實也是我們熟悉（但未必能看得清楚）的當代社會。長長的社會階梯，高處似乎有閃亮的冠冕，但是沒有人提也沒有人問，爬上去要付出什麼。階梯已經在那裡，似乎就是攀爬的理由？性意識正在萌芽的青少年，在同個時期進入智商的競賽，被成人設下的規則評比。或許是因此，性與競賽，彼此之間牢牢締結了某種關係。我們渴望什麼，恐懼什麼？——這些感受單純是屬於我們的嗎？或是我們已然被規則寫入？在還不知道進入的是什麼樣的賽局前，所有人已經被放上賽道，加速前進。慾望的對象，他是否只是把你當成隔壁賽道的人？我們能明亮而坦然地擁抱慾望嗎？競賽圈中的人能開朗地接受競賽和競賽的結果嗎？這世界能只有快樂，沒有痛苦嗎？

我想寺尾哲也是拒絕被明亮弭平的。如同他在〈後記〉中，拒絕相信他的同學在下一代學生身上看到的美麗夢幻、或者說那種「不成比例的好感」(比例?會說是「比例」,寺尾哲也想必是看著那沒被說出來的,認為他同學所說的「全部」其實只是「部分」)。寺尾哲也寫痛苦。他看到的痛苦,是一種精細複雜的感受。就如同慾望。它是生理的,也是社會的。它是果,來自那些早已被決定的;它也是因,細小的孢子朝空中播散出去。痛苦就像是在開頭第一篇故事〈渦蟲A〉中,澆淋在「我」臉上的尿液,氣味、溫度,在幾分之一秒的時間中發生著細微絕妙的變化。若說那是欺辱,痛苦中又埋藏著絕頂的快感。虐與被虐,最聰明與最無力。寺尾哲也是寫這種多面痛苦的高手。

我第一次讀到刊載在報上的〈州際公路〉這篇作品時,他所寫的那漫長、幽暗、無止境的美國州際公路,在我心裡留下了深深的印象。在美國的州際公路上駕駛,就像按下按鍵跑一道程式,中間沒有太多你可以做的,只能等著程式跑到底出來一個結果,就像公路筆直地將人帶到一個地方。程式是工程師寫下的,公路是國家規劃的,人生的路徑又是?在車中不斷湧出回憶的是兩個活人，那好像他們在不斷地問自己，是被怎樣運算到了這樣一個middle of nowhere？

都是系統。讀這本《子彈是餘生》，讀到〈州際公路〉中這群資優同學的種種分支發展。天才介恆、下棋的明亨、S的吳以翔，他們種種競賽以外的，社會評比以外的，但仍是系統之內的（寺尾哲也往上拉到了看得見系統交錯的視野，即使其中仍然處處暗物質）。也才終於讀到了〈州際公路〉的後續發展。〈拉斯維加斯〉寫得真好。這座世上最虛幻的城市，就像一場巨大的葬禮。生的隔鄰是死，痛苦的隔鄰是快感，天才的隔鄰是對人世一無所知，精密系統的隔鄰是巨大的徒勞。

都是系統。這些感受在系統中占著相鄰的位置，你不可能推倒一張骨牌而不觸發它的隔鄰。寺尾哲也能寫痛苦，寫得如此精細複雜，是因為他能看見這張系統之網，看見人與系統的關係。而那在許多人的眼裡，是透明不可見的。

寺尾哲也在後記中寫道：「追求所謂才華的拔尖之時的過程，是有許多變態的副產物的」，「剩下來的，只是餘生罷了」。《子彈是餘生》這個書名，是暗示人仍是系統中的人，就如子彈在被擊發之後終究就是沿著彈道飛行，除非有某種「exit」，否則餘生就像子彈沿著被規範的路線直到抵達終點為止嗎？或是，餘生就像〈沉浸式什麼什麼成長體驗營〉中，一直帶在身上的一把槍與子彈，看似有「exit」，但終究不會用上。而終究不用上，也有終究不用上而觸發的因果鏈。選擇「exit」，如〈雪崩之時〉那樣斬斷鎖鏈，脫離出了一個系統，又是怎樣的餘生？這些，可能不是我能在這裡問的問題。在當下的華文小說家中，我認為寺尾哲也是少數能把痛苦寫得如此之好的。他所描寫的痛苦是結晶狀的，是相連成系統的。痛苦是曼陀羅。

看看今天這世界開什麼數字給你？

林楷倫的小說《雪卡毒》令我讀到一種邊境。

這個邊境，不是國界、縣界，不是固著在空間中的哪個地方。而是生存方式上的。首先，是人與自然的邊境。在林楷倫的小說中，大部分的人都過著從自然中取物營生的日子：釣魚、捕魚、開鑿礦物、販賣魚餌或是仲介土地。他們的生活，有巨大的介面臨接著一種自然的產出，深受自然所能給予的補給豐盛與否的影響。然而，當代台灣已不是人類學家說的「原初富足」時代了，因此發生在這個人與自然邊境的事，也遠非上天養人、田園牧歌式的浪漫。而是邊緣人在被切割得幾近無機的地景中，穿梭尋找可拿取之物。有在山溪中的電魚、有在山上不斷招致族群衝突的採礦、有在纏繞的廢漁網間尋找漁獲的景象。這是「人類世」的生態環境。自然被人類介入已經長遠到近乎永久，人類的痕跡到處都是，垃圾也到處都是。這個被書中所有角色當作營生手段的自然，以它被介入改變後斑駁處處的模樣，回應著書中各個角色的生命。

林楷倫凝視這個邊境，凝視邊境地帶裡的人。邊境地帶可能是泰雅領域的山區，可能是苗栗外埔海岸、台灣本島外海的釣場、馬祖的東引島，甚至這樣的地帶也延伸到岸上的海釣場和城鎮裡的魚市場，與那些電玩機台之間。都市人和食物來源分開生活，從超商超市購買處理過的食材。林楷倫所寫的不是這種人。他寫的是活在和食物來源、和資源出處相鄰之地，但在社會階梯上屬於底層的人。他們沒有金錢與社會資本，若跌到谷底就只會剩下一人之身與身邊殘破的自然，他們怎麼想這片海、這條河、這些魚這些鱉，他們怎麼想他們的生活，是在這些邊境裡沉默無聲但一直進行的意識交換。如同我們會成為自己周遭環境的鏡像，這些角色也一直是自然的反映。

在他的小說中，你會一直聞到邊境的味道，魚腥味，潮濕感，火藥爆破，那是商場內的商品所沒有的。在他的小說中，你也會一直聽到流動在邊境的語言，那種泰雅族人與漢人之間交談、表述、嘲笑彼此的方式，髒話、黃色笑話、貶低彼此的話。想像發財的話，對異性的調侃方式。一切事物被用能交換到什麼來表示價值，包含故鄉。故鄉是一個搭巴士離開就不會想再回去的地方。而遠方好像總有大海，身邊總有人在邀你出海（或邀你去做某種營生）。齋藤幸平《人類世的「資本論」》說，當代西方的帝國生活方式是透過將代價「外部化」，將污染與貧窮轉嫁到全球南方，來維持消費（／或浪費）的社會。台灣也是這樣的，都市人們看不到發生在邊境地帶裡，開發的代價，即便我們日常的每一天都由這些被轉嫁的代價所支撐。而林楷倫的小說，他的「邊境文學」，將被外部化的一切「內部化」，使你看見，這一切就在這裡。

「邊境」就在這裡，別轉開頭去。隨著他的敘事，我們在腦中看到了那個平常看不到的「邊境」——這個將一切被「外部化」了的事物，重新「內部化」

的魔法，需要飽滿的文學語言。而林楷倫能做到這一點，自然是因為他不著痕跡地動用了所有的人生經歷。他寫魚販、釣客、賭徒、遊樂場中的博弈者、異鄉人，寫他們之間的垃圾話種種，因為他長年生活浸潤其中，他想必一直在聞見、聽見，或有時也被吸收進去，也被撞擊摩擦吧。在林楷倫這位年輕的小說家身上，是文學極為古典的一面，他所經歷的一切都成為文學的養分，用他自己的話說，「把自己切碎揉進小說裡」。

其實寫到這裡，我就該放讀者們自己去讀了。讓讀者自行感受那個邊境在你眼前浮現，聞到它的氣味，看到那灰撲撲的海岸線，鐵鏽機油，流浪貓狗，糾纏的廢棄物，潮濕空氣中的腥味。召喚這一切的是語言。我想要勸告讀者，跟隨那語言。閱讀的時候不要一股腦先行將這些角色貼上「弱勢」或「生活在絕望中」之類的標籤，以至於扁平了對小說中世界的感受。這就是我為什麼使用「邊境」這個中性的表述。邊境有邊境的生活方式。發生在這裡的「愛」，是什麼樣的愛？在〈讓鱉鬆口的雷聲，是悶是響？我好想知道〉裡，示愛的話被套用在購買交換消費的語言，也有它的甜蜜，即使難以預測未來。慾望生猛，像〈河分雨流〉裡性慾滿溢漫流但對母職無感的女人。邊境是相對的。台灣是小島，但是對更小的島而言又是大島，於是東引島的人要在乎台灣人吃什麼魚，台灣人喜歡紅色的魚影響他們判斷自己的魚（〈北疆沒有大紅色的魚〉）。至於台灣島的釣客，釣上了大魚，那就要問旁邊更大的那個中國，若有門道走私過去可以賣到多少價格（〈外埔的海〉）。在這邊境之中，什麼主宰價格？什麼是會被認可的事，什麼只是話術？不只〈返山〉，還有好幾篇作品中都觸及了這個更核心的這個問題：在邊境中，誰是我們？那些被拋擲而出互相傷害的話術，想要切割對方成另一種「外部」，是真實的嗎？被切割者也切割他人，無盡切割中還有任何的「我們」嗎？但另一方面，某種隱晦的「我們」又似乎先於說出口的話而存在，只是不會是封好膜貼上標籤的，而是在反話、刺人的話之間流動，被用另一種方式辨認。

邊境是這樣一種地方。在最接近食物來源的地方，在有限的資源與彼此面前，人類用各種破碎的詞語在定義、詮釋、爭吵、辱罵、勒索、示愛，依賴也切割彼此。海底滿是廢棄物，消失的人成為魚的食物。人類吞食自然又被自然吞食。邊境的人們相信什麼？〈溪底無光〉裡，賭博的人賭輸了，辯解「神明的字是歪扭的」，是自己看錯了，究竟對賭徒而言，是賭輸比較可怕，還是面對這世上或許沒有一個層次更高、知曉世間運作法則的存在會偏心向你、會透露答案給你，比較可怕。賭博究竟是在賭錢，還是賭心裡那個「這世界不可能完全無意義」的執著。

林楷倫的邊境沒有神。但是有許多孤獨的人，行走在其中，看著彼此，或看著周遭的風景，有時收到了酷似「有意義」的訊號：數字、情愛、一天的運氣，或是一尾在釣竿末端拉扯的魚。說到底，活著的魚難道不是訊號，是茫茫宇宙與這個孤獨的人之間僅用一支釣竿相連的部分嗎？在林楷倫用語言召喚出來的，這個總有著腥味刺鼻，終日潮濕的邊境地帶裡，任何一尾魚的跳動、魚身的訊號，都在反映著生活在邊境地帶的人，而邊境地帶裡人的生活反應著所有這「人類世」裡的我們。從外部再次來到內部，來到核心，這就是我們的故事。

看看今天這個世界開什麼數字給你？

歪斜與平等

讀凱特的小說集《我在等你的時候讀了這東西》時，我想起這世界上的一些蛤蜊（聯想的起點，顯然是因為這本小說集中就有一篇名為〈蛤蜊〉）。

在報導中讀到過，有八個蛤蜊控制著波蘭首府華沙的水源。維斯瓦河的河水，在進入華沙的自來水供應系統前，會先經過由八個蛤蜊控制的閘門。因為蛤蜊是對水質敏感的生物，當偵測到水中含有有毒物質，它會關閉自己。那麼附在蛤蜊殼上的裝置，便會將這訊息傳導到閘門，讓閘門關閉。人類利用了這八個蛤蜊的天性，來補足自己被城市人間包覆而愚鈍了的感官。為了判斷水能不能喝，人類仰賴著蛤蜊好好當自己。如果蛤蜊進化出了斯多葛哲學式的堅忍，撐著不將自己關閉，或者更加進化，慧眼遍閱世間已無淨與不淨無分別心，涅槃寂靜不動如山，那麼在華沙自來水管理處的人眼中，它就會是失職的、歪掉的蛤蜊。

可是人類作為一種蛤蜊（對！），是那種會進化的蛤蜊。我們與周遭的關係，遠比「敞開」、「關閉」這兩種，還要更多和複雜——我們又不是牆壁上的開關。我們經歷著社會、關係、時代、文化，或者某個他人，水流一般從自己身上流過，有毒、無毒，酸度、鹼度，氣泡量，旁邊的蛤蜊同儕的反應，礦物質的成分與濃度……，我們在這當中進化出種種生存姿態，敞開，關閉，半敞開半關閉，某種傾斜角，某種位置，某種隱身技能。倘若我們不是自來水管理處的人，不以有用無用、不以答對答錯的標準看待自己，我們或許能發展出蛤蜊與環境的多樣美學。哪些時刻我們曾以敞開作為一種防禦（所以其實是關閉），或者對礦物質濃度變化有了品味（像品鑑紅酒般）。哪些時候我們在彷彿經歷了一整條河流之後將自己永遠闔上，言語道斷，經驗無法外傳，種種一切只濃縮成一個名字，對外向他人標示自己。

凱特在〈後記〉中說到「歪歪的人」，說他對那種歪斜特別感興趣。這本小說集正顯露了他是如此長於描寫「歪斜」。他是敏感的，又是靜靜靠近一切的。像無聲的水流，映照人的歪斜，人在激流中將自己或敞開或闔上的各種姿態。這是一本敏於探量人間「歪斜度」的小說。事實上，唯有看到種種軸心各異的歪斜，才是看到人間吧。

於是在讀完整本小說後，我翻回篇首的引言，思考凱特寫在最前面的那個埃及民間故事。「真實」與「謊言」是兩兄弟，在爭論之中，兩人最後都瞎了眼。首先是「謊言」虛構了一把刀，而「真實」無法說出比它更有力量的事物（也無法看透它是虛構？），所以在這個比賽之中被弄瞎了眼。瞎了眼的「真實」，竟然也開始虛構，虛構出一頭神奇的牛。不相信「真實」說出口之虛構物的「謊言」，要求眾神裁決，卻被問以最一開始那把刀是否真的存在？就在他堅持「當然存在」時，他也被弄瞎了眼。

這是個奇異的故事。倘若弟弟「謊言」虛構是天性，為何他要被處罰？而「真實」在瞎了眼後，竟然能加入虛構的行列，想像出力量更大的事物，是不是他也成了謊言？那麼瞎了眼的「謊言」，會變成真實嗎？我們日常社會性的行走，必須認定「真實」價值高過「謊言」，撒謊會被處罰，誠實會被獎勵。但是在這個故事裡，兩人與其說是被懲罰，好像也只是交換了位置（瞎眼之後開始虛構的真實，與因為堅持自己真實而瞎了眼的謊言）。說到底他們所說出口的，那把神奇的刀與不可思議的牛，與其說是謊言更像是虛構的小說，兄弟倆只是在不同的時間點上進行創作。

不知道凱特會如何解釋這個民間故事？我覺得在他故事裡的人們，都是敏銳的物種，盤桓在各種隱形的地盤界線之間。在社會接納的「真實」版本之下，人人心中都藏著某些「虛構」，而決定了人與人之間隱形界線的，正是人們各自心裡的「虛構」。有的人的「虛構」不免會把他人捲進來，有的用「默契」保持距離，或是像〈我在等你的時候讀了這東西〉那樣的地謹守分寸，既容許自己被對方虛構，又不涉入太多。這也讓我想起凱特在《我的蟻人父親》中描寫的父子關係，經常錯開活動空間的兩人，動動觸鬚，還是能找得到隱形軌道，探測到彼此的相對位置。這是個能量不斷在交流的宇宙，此中有訊息流動，有的相吸，有的保持著一定的斥力，於是人在各種看不到的力量之間，歪歪斜斜地活著，歪歪斜斜地行走。

「人與人之間也是這樣，誰都不曉得底下的盤根錯節發生了什麼交互作用，只有接頭的兩端發生了什麼，有時彼此輸誠，有時灌輸惡意，有更多時候是在地底下互相試探彼此，但顯現在地面上的，只是令人不明所以的枯榮。」——〈我在等你的時候讀了這東西〉

我非常喜愛凱特描繪這一切的方式。這些被他凝視、呈現出來的，引力與斥力之間，人間的靜靜的歪斜。那「歪斜」，那或許糾纏於地下時曾有過無奈悲傷的力矩與平衡，卻生發而為地表的生命現象，此中竟有一種平等觀。是人間原本的模樣。

敘事的意志

前天到東華，兩天內給了一場講座，讀了三十篇同學作品，做了七回一對一談話、與一場校內文學獎講評（都是談作品）。這次看到的作品，各有優點，這先不在這裡說，已經都告訴同學們了。但有個比較顯著的、共同的缺點，則是有多篇作品似乎顯得缺少「敘事的意志」。當然，因為是習作，一定是在進步的途中，故我都很直接地說、問他們：你究竟想說什麼？

有同學告訴我，他喜歡那隱晦，只想寫一種時代的氛圍。我告訴他，香港洪昊賢的〈之後〉，中國胡波的作品，都很好地寫了一種無所歸依的時代氛圍，但是他們的語言並不模糊。相反地，他們是以相當節制與清醒的語言，去勾勒出一個時代的殘酷與人的無依。沙林傑、卡佛，更是如此。所以，不可因這時代對我們隱藏著它真實的面目，充斥模稜兩可的情感與痛苦，我們就被那模糊捲走。這正是使用語言者自身的責任，窮盡一切可能去捕捉那些沒有被言明的事物。我們要非常敏銳，非常清醒。不可一片模糊。

作品的主題意識、和寫作者的主體意識不清楚，所經常產生的現象之一，就是沒有節制的瑣碎和蔓生。寫了無盡的他對我說、我對你說，未必就是真實反映世界。不要被你想寫的文字帶走。是你寫它不是它寫你。如何能做到掌控文字的繮繩，但又不會只在大路上徘徊，人云亦云，能深入非一般論述所能及之地，背後往往是有一個世界觀、有對人世的觀點在支撐。如此說來，寫作這件事，最重要的恐怕不只是文字，是世界觀的鍛鍊。

第一天在研究室和同學談到晚上九點。回到會館房間，才知道那一天外面發生了什麼事。那天在北京，下午三點，天空像深夜一樣黑，下冰雹，雷閃雷鳴。中共要推香港《國安法》，香港的人權處境劣化。天示異象。強權者逆行而用權力說話，說著它要壓迫世界變成的模樣。

我能做什麼？最基礎的，一定還是做好現在做的事。在這兩天，我希望我有清楚傳達了「敘事的意志」的重要性。因為語言是思想的載體，有清楚的思想、面對這個世界有所意志，是非常重要的事。尤其在這樣的時代。

即使黑暗四合，也要能清楚思想。寫作的人一定要在這上面鍛鍊自己。我們使用語言，有一種責任。我們受不了小粉紅的語言，受不了中國牆頭標語的語言，那我們的語言是什麼？我說的不是只在政治上的。是更廣泛在一切書寫之中，語言的內在生命力的革命。用簡潔，節制，有高度，有洞察力的語言，去瞭解和描寫我們所在的世界。誠實地面對自己，而不只是模模糊糊語焉不詳。再多試一試，試試更深入、更完整的看見，和寫出在那樣的洞見中看到的世界的模樣。這是我們的責任。

世界是我們的世界。不是別人的世界。除非你棄守理解它、描述它、創造它的意志。

一場好探索

談散文評審的標準，其實很不容易。因為散文首先是寫作者在「使用語言描述事物」這件事上的探索。一旦樹立一種標準，那就不是探索了。

那麼如果換個方式問，在什麼樣的文章裡，可以看到「一場好探索」？我回想看過的好文章，似乎是對這世界、對自己要描述的事物，有種不理所當然視之——即便那所要描述的事物，便是自己，也是不理所當然視之。不用人人看待它的方式看它，不用陳詞濫調去套它。不和這世上所有人一同欺壓它，以為它不值得寫。不在下筆的時候便自認已經知道了一切——不封閉，不堵死在與文字同行中途出現的歧路，不怕抵達意外的他方。不簡化，不預設立場縮限現實，即使寫著悲傷，也不害怕正視那悲傷之中或許也摻雜著的一絲喜悅。

一個好的探索者，不會瞧不起這個世界。世界的複雜就如你一樣，如你的文字一樣。不要害怕看見那複雜（相信我，有時人確實是會怕的）。即便是在描寫痛苦，我們也有可能是好奇的，甚至是帶著敬謹之心的。有時起點是描寫自己的痛苦，卻中途瞬目，看到旁人的痛苦，而意識到其他，而忽然立體起來。一個好的探索者，是一個不拒絕這些可能的人。你有可能以為自己要沿著直線行走，卻突然打開，走進另一個次元。倘若你有過這樣的經驗，你會對文字有種敬謹。寫散文是創作，我們首先要將自己開放給創作。就像動畫《藍色時期》裡的人們將自己開放給藝術一樣。

有些極好的散文寫作者，會產生一種氛圍。那氛圍就像空氣，隨他／她的文字鋪展張開。氛圍是勉強不來的，我認為它的元素，往往是作者（未必言明）的世界觀。有的人的氛圍，帶著對描寫對象的共感，有的聰明、有種看穿事物本質的度量。你願意理解世界到什麼程度，會反映在散文裡。那麼一個峻拒這個世界的人是否能寫出好散文呢？（倘若峻拒並不是瞧不起。）我不知道，但可能性是存在的（就像《藍色時期》裡，回應作畫的題目不會只有一種辦法）。峻拒這世界的自己也是這世界的一部分，那麼能否看清這個自己，想必也會反映在散文裡。

這篇與其說是我的散文評審標準，不如說是邀請。既已在此，大膽去探索看看吧。我們得讓自己潛進去探索，才知道自己在這篇文章中探索了什麼，自我與世界的接鄰面是什麼模樣，與文字同行的我們藉著它的力量、朝著什麼方向打開或延展了自我。進入探索的狀態，寫一篇文章。一場好探索，也許會帶來一篇好文章，但更好的是它讓我們探索了自己。

我們時代的匡正

我們的時代終將逝去。我們所信仰之事，未必是下一個時代放諸四海的法則。然而在還活著的一天，我們就仍然思辨，仍然在時間之中擁抱，仍然時時進行著善惡的判斷，並據以前行。即使我們以為當然的一切，未來皆有可能，在嶄新的世界觀與思維方式之中，變得不再有意義。

「時間」這神祕的維度所加諸我們此刻的存在的，便是世界乃是朝向沒有我們的時日而開放。有一天我們會變得與世無關。曾經構成我們的物質粒子消失在虛空中。曾經抱守的信念與規範不再附著於我們，其意涵會轉變，會蛻化，或許也會被盛裝到下一個時代形狀迥異的新容器中，成為新的養分。那前提是我們已徹底解離。留下世界沒有我們地運行。

對我而言，這樣的想法一點都不虛無，不悲傷。相反。是在這樣的想法面前，我才感到「活著」還有意義。沒錯，我們活著的時空座標是今天此地，但是今天朝向未來開放，而未來正在生成。現況的一切都可能改變，我們有限的智識，不足以說出「我已經知道所有正確答案」這句話——雖然，我往往也會在臉書上或生活裡，遇見嗜說此話的人。他們迷了路。迷失在「我不可能錯誤」的錯誤裡。

不容被取代、沒有機會改變的今天，才是悲傷的吧。《教宗的承繼》這部影片裡，安東尼霍普金斯飾演的教宗本篤十六世做了一個史無前例的決定：他要在他還活著的時候，選擇自願退位，讓紅衣樞機主教會議循傳統投票制度選出下一任教宗。這個劇中的角色說，人說上帝在選新任教宗時，會選一位與前任不同的人，作為對前任的匡正；他不想等到死後才退位，要活著看到他的下一任是什麼樣的人；「我想看到我的匡正」。這背後的訊息是，沒有人是完美的，即便機構選出來的「神的代理人」也不是。由人組成的機構，會在匡正、再匡正、不斷地匡正之中，運轉下去。

我也想看到我的匡正。也想看到我們時代的匡正。或許我之所以經常這樣想，是因為，如果今天就靜止在此刻，不再演變，則「靜止的今天」並不圓滿，它充滿了需要被修繕的缺陷和受傷的人。正因為有時間，因為未來是開放的，所以名為「今天」的這一疊磚還有機會被重組。

問題是，我們今天要在文化上鬆動哪些磚，才能容許新的未來生成？

*

年少的時候，當然也曾以為，總有一天，我會對萬事萬物都能有一個絕對的、了然於心的答案。然而從什麼時候開始，卻不這樣想了。開始知道必須讓自己和那「沒有最終答案」的狀態共處。同時心裡懷著希望：正因為此刻不是終局，希望明天能匡正今天，文明會更新自身，傷痛者能被撫慰，錯誤能被修正。懷著這樣的想法，進入出版這種行業後，經常就會問自己這種沒有答案的問題：下一個文明會是什麼樣子的？在今天有哪些思維是受到了綁縛的，我可以去撥動它們，讓未來更有可能生成嗎？

說是問問題，其實是在心裡，默默召喚著這些改變。

我加入出版行業是在去年中（二〇一九年），時間未久。一年來，雖然規劃了新書系，慢慢在推出選書和編輯作品，但數量上還不算多。對出版這個行業的種種規則，都是還在學習，不時會遇到「出版很不景氣吧」的業外關心，和自嘲「現在根本是冰河期」的同業前輩。不管怎樣，出版就像所有行業一樣，必須達成損益平衡。所以，要看的報表和數字不少。經驗不足，不知該如何判讀時，常要仰賴前輩和同事的幫助。

然而這是個全世界都在發生重大變動的時代。新疆維吾爾族人的命運，香港的問題，全球疫情，美國種族問題，世界經濟體系，人們的生活方式與價值選擇，國際關係，從去年以來不斷戳刺我們對世界的認知。倘若我所在的行業製造皮鞋或是毛衣，或許我只需要考慮時尚樣式和品質。但書是思想，而我作為從業者的思想也和讀者一起在承受著當代的衝擊。因此在出版這個行業，這個問題終究會變成三層同心圓般的環環相套：在世界之變面前我們能提供什麼樣的文化內容；能否看出這些內容在市場上也有需要，因此能獲得好的反應，至少平衡損益，讓產業運轉；並且也能安頓自己的心（既作為這個世界的一份子、也作為出版從業者的心）。

換句話說，這是一個從預設值上，就必須對世界的變動敞開自己的心的行業。

過往我作為一個寫作者，也經常問自己關於變動的問題。二〇〇八年，散文集《給冥王星》出版時，書腰帶上寫著：「獻給變動，和變動中的人」。那時我離開家鄉台北到上海工作，已經兩年。我在一家數字營銷公司任職企劃，經常要接觸網絡趨勢與市場調查的報告，我目睹著上海這座城市從一半在光亮一半在黑闇中加速著蛻變。我任職的公司成長非常快速，那是北京奧運前商機最好的幾年。

在二〇一七年底搬回台灣的時候，我已經做了將近十年與行銷、廣告有關的事。雖然我曾經抵抗不去那樣想，但實際上，對我而言，那個行業確實開始變得虛無了。在中國的大城市裡的生活，更加深了那份虛無感。當然，那有可能是我自己的緣故。我意識到，我真的得回家了。這個回家不只是空間上的移動，還包括自我的安頓和與他人的關係。其實我們的生命是會向空中伸出氣根的，伸向的維度有可能我們意識不到，但當它有所著落的時候，我們是會知道的。

回到台灣，進入出版業。然後是在一邊從事這個行業的時候，一邊面對著世界的變動。去年六月，香港發生反送中，示威者面對警察與國家的暴力，當時我正在編輯班納迪克・安德森《全球化的時代：無政府主義，與反殖民想像》。衛城出版了塔納哈希・科茨的《美國夢的悲劇：為何我們的進步運動總是遭到反撲?》,一本談美國種族問題深層根源的書,然後在今年五月發生佛洛伊德事件,我自己也更體會到科茨在他的著作裡反覆提出的種族處境——而科茨卻說,比起過去無數的衝突事件,這次反倒讓他看到了希望和進步,因為白人與其他種族並未袖手旁觀,也加入抗議警暴的行列。

諸多事物的定義正在位移,一幕幕彷彿業力流轉。我覺得彷彿在空中伸展氣根,觀察著,思考著,藉著書本與人連結和對話,經歷著這場世界的變動。

*

這仍然是一個不完美的世界。我是這不完美的世界中的一份子。因為不完美,唯有變化轉動會帶來修補與匡正,所以我寧願這樣想:我所有的物質粒子與記憶是開放給時間的,寧可如實面對它們有一天會被解消,變形,轉變或進化,也不要將知識作為教條和用以驕人的手段,不要以彷彿世界已靜止於今天的標準來思考，而要開放地活著。

我有時將世界想像成一張衛星雲圖。暴風圈，與晴朗的氣候帶，都是相連的。然後問自己，是否與世界之間保持著一種邊界的柔軟的，如水的關係。問自己，我是敞開的嗎？

這個問題其實是在問，我能放自己自由嗎？

終有一天，物質的解離與此世的消逝，都是理所當然的。下一個時代或許會是我們的匡正。或許因為我是一個犯過許多錯誤的人，所以如此熱切期待著匡正。或許因為這是個有許多錯誤的時代，而無論如何，今天都可以是流轉變化的起點，匡正開始的一天。

世間陷阱處處，而陽光普照在故事的蛛網上

前幾年墨西哥導演阿方索・卡隆執導的電影《羅馬》，引起過很多話題。它也是那一年我最喜歡的電影。劇情發生在墨西哥城的高級住宅區科洛尼亞羅馬，一個白人家庭雇用了一位原住民女傭克莉奧。克莉奧和這家人的關係很緊密，雖有階級之分，但隨著那個家的女主人遭遇婚姻危機，克莉奧自己也未婚懷孕、並被男友拋棄，她和這個白人之家逐漸同情共感，形成一種沒有血緣的新家人關係。片中的克莉奧性格溫柔穩定，彷彿是所有人的母親。但她卻意外目睹了拋棄自己的男人行惡，而無法去愛自己腹中的孩子。她和主人家，漸漸成為世情大浪中互相依靠的存在。男人離去，女人與小孩重新分配了房間。大

宅子仍然蔭涼，市聲隱微，穿窗而來，外頭陽光普照。

《為失竊少女祈禱》發生在墨西哥城外，一個惡劣得多的生存環境。那裡只有女性留下，男人都離鄉，加入幫派或偷渡去美國。女人們只會生下「男孩」——因為所有女孩都要被妝扮成男孩，剪短頭髮、弄髒臉孔，當成男孩來養。因為一旦有個美麗少女長成的消息傳出，就會引來人口販子。那些人將女孩們當成農作物，時候到了就開著車來收成。他們拿槍比著她們的母親，帶走剛剛開始青春，美麗已藏不住的女孩，不幸的厄運從此便降臨到女孩身上。

小說中的敘事者名叫黛安娜，她的母親就像整個英語世界的人暱稱黛安娜王妃般，叫她Lady Di，黛妃。取這個名字是因為，母親從電視上看到，黛安娜王妃在婚姻之中是個和她一樣的棄婦——她為女兒選這名字不因嚮往其王室光輝與明星般的美麗容顏，而為兩者出身雖有天壤之別卻是同樣遭受遺棄。敘事者黛妃從小活在一個顛倒的世界，女孩為了生存必須扮男孩，長到扮不了男孩了就必須扮醜。小村裡唯一一家美容院其功能是「醜容院」，幫女性們把美掩蓋起來。這樣還擋不住綁架者們的窺伺，母親們便開始挖地洞，一有陌生人來便把女孩們像種子般種到地裡藏起來。

村裡只有一個學校。每個學期都換老師，老師是從城市來的，年輕且剛從教師學校畢業，只會在這偏遠之地待一學期，完成教學服務，然後就回到城市裡重新被分發。社工人員也是，來了又走，帶來的物資有限，什麼也給予不了。這個小村是被遺棄的世界盡頭，只會在外來者的人生中，存在很短很短的一段時光。如果他們善良，這個小村會成為他們生命中一種無能為力的回憶。如果他們冷漠，那就什麼都不會留下。

這是一個當代議題性很強的題材。就在我讀這本小說的時候，二〇二〇年二月十四日的國際新聞報導，墨西哥女性走上街頭，包圍總統府，抗議墨西哥是個「殺女之國」。在那裡，女人的命如此不值，在婚姻裡、在男人的慾望遊戲中，被當成損耗品使用。但是珍妮佛．克萊門沒有因為議題性強，就把小說寫成了一篇申論文。這本書是很好的文學。差別在哪裡？

差別在小說家謹守著黛妃的聲音。這是一個卑微但是清晰，感受敏銳，而會引發共感的聲音。小說從她的視角，去看到了她的家、村子；看到她藏身其中而得以免難的兔子洞，看到學校；從載著她離開村子的車，一路上經過的旅途，看到她被送去幫傭的家（如《羅馬》電影中一般的豪宅？），乃至抵達和離開女子監獄。小說看到了她的母親，母親對父親的又愛又恨。看到母親因父親到處捻花惹草而怒火中燒，而和丈夫大打出手，但卻從沒有怨恨和他發生一夜情的女人們，以及從那非婚姻關係中誕生的女孩。等到男人離開，女人們還要互相照顧著活下去，不分是誰生的孩子。小說從黛妃的視角，看到那憤怒，也看到那人性。

這是一本好小說。它以文學和故事的力量，帶著我們去共感了在遙遠大陸之上，一種嚴酷的生存處境，「殺女之國」中的女性。就好像在小說中的女子監獄裡，原本互不相識的女囚們被故事連接起來，理解了彼此。我不知道女囚們在男性的世界裡能否找到出路。我知道的是，透過故事，一張女性的網，即便是以其中每一個受傷個體的痛苦、悲傷、絕望和孤獨為絲，被織造被連接起來了。

熄燈的海岸

第二次世界大戰，在電影中常被描繪為英美同盟國家，出正義之師，擊潰納粹邪惡帝國的戰爭。在這場正邪之戰中，美國是關鍵的力量。邱吉爾在敦刻爾克大撤退後的演說，把希望寄託在美國，「新世界在上帝認為適當的時候，拿出它所有的力量來拯救和解放這個舊世界」。這時的美國就像是人類的希望。珍珠港事變後，美國正式加入戰局，這個歷史事件，影響了戰爭的結果，也決定了世界轉動的方向。

但從歷史上看，二次世界大戰時的美國，並不全然是個正義的救主。在美國國土境內，也有許多不公和恐怖在發生。勞動階級、黑人、女人，活得既不自由，也不平等。財富集中在少數人手中，社會底層的日子艱辛而沒有希望。當戰爭爆發，男人被送往戰場，出現大量的勞動力空缺，這時原有的社會經濟結構似乎有鬆動的可能。女人、黑人，有機會進入屬於白種男性的職業領域。世界在轉動，一個個渺小的個人，雖然看不見大勢的方向，也跟著轉動。

《霧中的曼哈頓灘》是發生在二次世界大戰期間，美國國內的故事。戰爭掀動了社會經濟秩序，召喚出各種「非常」的狀況。本來被壓制在社會底層的平凡百姓，在戰爭節奏中受到震盪、移動位置。這樣的時刻是帶來翻身的機會，還是滅頂之災？《霧中的曼哈頓灘》的故事，就是關於一個平民家庭，在這股巨變的浪潮之中，一面迎向底層人生的種種絕望，一面被浪頭衝激而起。再衝，再衝上一道浪頭看看。

小說中描寫了幾種不同階級、背景的人。黑道和白道的兩大山頭，掌握著地下和地上美國的運轉。

黑道：義大利黑手黨，掌控夜總會生意。首領是Q先生，這個神祕的老人掌握地下的權力網絡，貌似慈祥，好惡莫測，他的夜總會在戰爭期間大發利市。

白道：有軍隊和銀行背景的白人貝林傑家族。大家長是亞瑟貝林傑。這個家族已經歷多代的洗白，洗去早年手上沾染過的血和土。這個家族的利益與國家一致相通，大家長認為他必須、也能夠，預見戰爭的結果，介入準備。他知道戰後的美國會更強大，這個家族正像衝浪手看著浪般，等待著即將來臨的機會。

Q先生為首的黑道集團，和亞瑟貝林傑的白人家族，其實有點像。家族和幫派差不多，要求忠誠，交換資訊，互相保護也互相猜忌。這兩大山頭在戰爭之中洞觀四方，毫髮無傷，甚至可能獲益更多。在兩大山頭之間，則是許許多多沒有背景、沒有資產的平民角色：上班族，工廠女工，小軍官，水手，碼頭工人，舞孃，小混混，夜總會老闆。

珍妮佛．伊根就這樣為我們描繪了當今美國的前身，我們在其中會遇見安娜，這個想要掌握自己命運的女性。她在時代有限的人生進路中擇路前行、成為潛水員、尋找父親、在社會對女性的刻板印象中穿梭尋找活路。她一路遇見各種各樣的人物，也是社會上形形色色的生存位置：其中不少人和她心照不宣，也在力爭著一個新的命運。他們會辨認出彼此，作為在同一片大海中浮沉的生命體，彼此間產生了默契。

珍妮佛．伊根寫了這個有些憂傷，又帶著希望的故事。深深潛到水底過，就像曾經看到過大海，那經驗本身會改變一切。世界容或有撼動不了的秩序，有人是永遠的贏家，控制著別人的命運。但也有一些紅海會打開。相信這一點，迎著下一道潮浪去往一個不同的位置，或許就是美國夢的本質。

那是曼哈頓灘有戰時熄燈令的年代。《大亨小傳》裡蓋茲比凝視著的那盞碼頭上的燈，或許也會熄滅。黑暗的潮水裡，小人物在深水處呼吸，而世界就要變得不一樣了。

萬物的價值——《總理的移動花園》

《莊子》中有一個故事，惠子對莊子說，有一棵大樗樹，樹幹臃腫，樹枝彎曲，沒法用作木材，就算長在路邊，也沒有工匠要它。但莊子說，正是因它沒有用處，才無人砍伐它，你何不逍遙寢臥其下，何必去擔心它有用無用，它正是因為無用才不被害。

事情到了財經權力、職業分工都更複雜的社會裡，樹的價值也變得複雜得多。一棵樹能否被用，已經不是從工匠能否拿它做板材來判定了。倘若，遠方忽然有個富有權力和金錢的人，起心動念想要建一座公園，決意從各地搜羅上百年的大樹，移植到公園裡，這便改變了價值鏈。無論是頂天立地或奇形怪狀的樹，一旦被看上了眼，都忽然變得「有用」，被標上了新的價碼。最有資格擁有它的人，是長年生活在它周遭的本地居民，或是出得起價的人？本地居民忽然被出價，熟悉的事物忽然進入了價值的交換鏈，又會怎麼想？喬治亞導演莎樂美．賈席（Salomé Jashi）的紀錄片《總理的移動花園》，就是呈現了這麼一件事。

這部紀錄片完全沒有旁白。但影像如詩。敘事起自黑海的海岸，最後也結束在一處海岸上的公園。一株株的大樹，來自不同的村落，會先被送到海岸邊，再用船隻運送。我們會看到大樹在平靜的海面上緩緩航行，那畫面極度超現實。

在這些超現實畫面的背後，移動一株樹，究竟牽涉到哪些現實？導演用影像帶我們去看，牽涉在背後的人力、物力、權力，不可思議地龐大。首先，有代理人來尋樹，鎖定目標。他們向當地人支付金錢，簽訂合約，買下那棵樹。接著，為了移動它，要為它建造道路。準備移動時，要將它周圍的土地都挖去，使它所在的地面孤立成一島嶼。接著在島嶼下方鑽入成排的金屬管。最後將整個小島連樹帶地移走。

此時在海邊，已經先有人潛水去探瞰了水深、沙丘所在位置，摸清楚從哪裡開始夠深，可以作為航道。然後，在那被運到海邊的樹面前，鋪設起了棧道，它被送上船，在水面上移動，直到抵達公園所在地。

能夠驅動這樣大規模計畫的，自然不是普通人。公園計畫背後出資的人物是位富豪，也是喬治亞的前總理伊凡尼維利（Bidzina Ivanishvili）。他沒有出現在影片中，最多出現在人們的談論裡。但所有這一切，這一切的一切，這些尋樹、購樹、造路、移樹，耗費甚鉅，投入人力甚多，都是因為他有了想要建一座公園的想法。是這一個人的意志，驅動了這麼繁複的日夜作業，影響了片中所有的樹，所有的人。

富豪沒有出現在影片中。出現在影片中的，是樹木原本所在地的人們。他們生活在上百年大樹的周遭，已經很久了。但直到遠方有人來，帶著不同的眼光看他們的樹，做好規劃把樹挖走之前，或許他們都從沒認真思考過這麼一株大樹的價值。經營果園的人，覺得大樹遮蔽了果樹的陽光。也有人說，大樹產生太多的落葉垃圾。這些是把樹當成麻煩的人（或他們只是在說服自己，大樹是麻煩，所以才能無愧於心賣掉它）。

有人說，雖然他們把樹挖走，但會修好道路，而道路的價值高於一棵無用的樹。也有人在等待，等外面來的人和他們談定一個價錢。影片開始不久，工人講的故事反映了這種心態。工人說，有個老婦人，家中果園中有棵大樹，枝繁葉茂經常遮蔽陽光，他們砍過它，在它身上鑽洞灌過藥想要毀掉它，但都沒用，大樹越長越漂亮。有一天老婦人接到律師的電話，說要買這棵樹。老婦人說，好吧，賣你四十。律師說，四十萬美金太貴了，我付你四萬吧。工人們笑著說這故事，態度中反映出一種價值的荒謬感，一輩子覺得麻煩的事物，竟是別人眼中的寶。

可以感覺到，片中那些本地居民，心裡或許都有這個「老太太賣樹」的故事。自己身邊的樹本是沒有標價的，忽然有人來買。有人擔心被騙，有人擔心要到的價錢不夠好，有人簽了約又想反悔。當然，片中沒有一個人像故事中的老太太那麼幸運，得到四十萬美金，因此這個故事是不是反映了他們虛幻的希望？現實中，他們得到的只有幾千或幾百元，但金錢畢竟介入囉，這棵樹多了一個被衡量的維度，它不再只是小時候爬過的樹、爺爺奶奶種下的樹，而變成是價值兩百或兩千里拉的樹，或是換得了一條道路的樹。你也可以在片中，居民彼此的討論中，感受到一種害怕被騙的不信任感。

這交換，究竟是得，還是失？遠方花大錢來買樹的人，心裡想的是什麼？來到此地的他的代理人（居民口中帶著一隻小狗，專程來找樹的人），還有那些操縱電鋸、開怪手的人，與這些居民發生了短暫的接觸。居民們難以知道，自己是怎樣一個大計畫中的哪一片小拼圖，怎樣的價值是合理的？他們捨出一棵樹，未來會不會後悔？在片中，大部分人的話語，都環繞著價值的交換、都在說服自己：這買賣是可以的。有人在回憶。有人在樹被運走後，撿拾樹枝。也有人，他們擁有的樹沒被看上，不過生長的位置擋到大樹的搬運路徑，因此被出一小筆價錢砍掉。這價值，又是怎麼評定的呢？百年大樹被運走，六十年的樹被砍掉以免擋路。

片中較為完整地記錄了兩棵大樹的移動。這兩棵真的都是很美很美的樹。影片記錄著它們被圈起來，形成孤島。準備移動前，先用電鋸把樹枝修掉一大部分。剩餘的枝幹，用繩索固定住，避免晃動傾斜。就像上路前先用布條蒙上了神像的眼睛。這美麗的大樹移動，確實就像是神祇被引領著離開原本的守護地，飄洋過海。

其中一株樹在日間移動。即使人們說著大樹麻煩、製造落葉等等的話，當那天終於來到，巨大的樹木，如同神靈，緩緩上路離開的時候，似乎當地所有人都來到路邊，目送著它離去。原本說「我才不會為這種事流淚」的人，流下淚了。人們彷彿身不由己般，默默跟著樹走了一段。

然後，樹在海上航行。影片最後也讓我們看到樹的旅途終點，那座公園——Shekvetili Dendrological Park。確實非常美，非常寧靜。集合了各地來的大樹，每一株看上去都是那麼的獨特。有好多人在照料那草坪。一切都節制有度，也沒有居民的紛擾。正符合英文片名中說的「馴化花園」（Taming the Garden）。

這部影片傳遞的訊息很複雜。並不是那麼單純的一方掠奪、一方被掠。當遠方有一個人的意志催生一座新公園，當金錢介入了村野生活中極度日常身邊的事物（樹木），萬物的價值被放上天平。金錢、實用性，是其中比較明確的砝碼。有人認為這交換很划算。但也有人在這換算式的面前失語，說不出道理來。那默默跟在樹後方送行的情感想必也是真實的，卻難以換算成價值。導演沒有在片中發言批判，但她的鏡頭看到了所有這一切的矛盾與複雜。是一部非常好看的紀錄片。

一本給失去棲地群鳥的指引之書——吉本芭娜娜《群鳥》

覺得應該寫一篇《群鳥》，是去年底的事。

卻這樣不知不覺，拖過了一年的界線，已經是春天的末尾。

今天拿出《群鳥》翻開，慢慢又看到當時覺得可以寫點什麼的理由：

「秋光穿過林蔭大道的小片樹林照耀路面。

從大學路到車站前熱鬧的大街，有成排的美國松。

鎮長堅持種植這種樹，甚至不惜自掏腰包的故事很有名，雖然兩旁都是這種並不高大的樹，但綠意盎然的林蔭大道成了本地象徵。

濃綠的葉片和深褐樹幹非常搭調。

此地氣溫有些偏低，夏季最高氣溫也不高，在日本算是比較乾燥，即便是這種松樹也能勉強生長。

曾在亞利桑那州住過的我知道，這種松樹的果實可以榨取珍貴油脂。那種幾乎令人氣絕的芳香與黏稠的質感，我也都記得。」

「我很想把這個故事向人傾訴，包括那令人懷念的芳香。」

這是故事的開始。日本某個小鎮的街道，北國的空氣，松樹的顏色和香味，秋天的陽光，吉本芭娜娜清晰但空曠地描寫著。然而接下來要展開來的，卻是一個悲慘的故事。一個失落了理想國，必須離開自己最想過的生活，「倖存」的故事。《群鳥》是這樣，風景極美，極安靜，宇宙間似乎充盈著光的粒子，空氣薄透，天地間有種神祕，但殘酷的事卻發生了。當然，《群鳥》是虛構的故事，不是社會新聞案件。作為讀者，我當然也知道，吉本芭娜娜是刻意造成這樣的反差：世界悠然，人生殘酷。但我確實覺得，她抓住了某些什麼，是另一個世界的「寫實」。

主角的母親，曾經住在美國亞利桑那州的聖多娜，那裡是靈修的勝地。主角的母親也是去加入靈修生活，和好友組成三個大人兩個小孩的家庭。不幸的是，這個理想家庭中的兩個大人，先後病逝。活得最久的一位母親，在失去了夥伴之後，生活變得非常困難，完全就是被天堂踢出門的狀態。原來的生活，是她最理想的生活，可是卻在她面前砰地一聲，門關上了，因而她雖然是在死亡面前倖存下來，在生活中卻是個流離者了。

主角呢，則是流離之後再流離。小時候曾經生活在快樂的五口之家，看見大人們臉上都有幸福的光，之後卻要目睹她的母親過著失去天堂後，孤兒般的生活。再後來，則是連母親也失去了，自己真正成為孤兒。她回到母親的故鄉日本，和沒有血緣關係的弟弟互相照顧，盡量活下去。

失去理想團體。像鳥離開原有的棲地。為了融入環境，雖然不是理想的生活方式，但盡力調整著各種感官直覺的敏銳度，適應著生活。這大概是吉本芭娜娜對當今時代的註解吧。

吉本芭娜娜自己這樣說《群鳥》：「這本小說，大概算是我從昭和時代的偏執歐巴桑移行至平成時代的偏執歐巴桑的過程中，親身見聞『對於日本生病走上末路的現象，細水長流地持續表現抗拒』的各式作品後，對於所有創作者的『聲援以及評論』。」「文中出現的人物包括配角在內，我認為都是《群鳥》，於是取了這個簡單的書名。」

如果是這樣，那吉本芭娜娜其實在故事裡，也透露了一些給「群鳥」、給創作者、給失去理想棲地之人的存活方法指引：

來自同樣棲地的姐弟兩人，是最能了解彼此的，卻要努力分開過活，因為：如果只專注在彼此身上，會讓可能性封閉。

心裡感受到內外世界的差別，但也知道，那個內外世界的修煉需要花時間：「有人可以完全浸淫自己的內在世界，有人看起來好像特別受到歲月眷顧看起來格外優雅，無論花多少時間，我都想成為那樣的人。」

在幾乎要被霸凌的時候，主角動用了「詩的力量」。就像動作拆解分析般，她清楚看到對手是習慣性地用「微微散發著惡意的態度」說話，「彷彿她們是居住在惡意遊戲的菜園蔬菜。」「我想，偶爾那種遊戲也會殺死軟弱的人。軟弱的人不會殺人只會殺死自己。就算當事人不知道自己間接殺了某人，只要還活著，就會在無意識的世界一輩子背負那個罪孽。」在看清這些的時候，她同時理解了母親生前遭受的霸凌，以及那些霸凌者的本質。

同時她也坦然接受了自己的與眾不同和引人注目。

大概是這樣。讀到了一本，對著廣闊天空中盲飛的群鳥，發聲對話和指引之書。

從西蒙波娃到桑塔格

去年，我曾在到大學演講後，收到來自老師和學生的回應。有一位學生說，她因為我介紹西蒙波娃，而去讀了《第二性》。她說那本來不是她想讀的書，因為女性主義一直給她一種「女權自助餐」的印象。但是她讀了之後，在其中找到了重新認識自己的起點。

我們所在的環境，飄飛著諸多的標籤，有些語言是阻斷性的，阻斷我們深入認識實相，有些則帶著我們迂迴繞行。因此倘若我的一篇介紹書的文字、或是一場演講，能揭開某些標籤，斷開某些誤區，重新帶來有意義的連結，那就是我之所願了。

去年，我們出版了《成為西蒙波娃》，今年出版了《桑塔格》。這兩本書，分別是一位非常獨特的女性的傳記。也許有人會將她們標籤化為女性主義先驅、文化界巨星傳記。但我認為這都不是重點。《桑塔格》的作者本傑明．莫瑟曾說過：「傳記是一種隱喻……它不是個體的生命本身；而是關於書寫一個人的生命。就像是一張相片——許多人都拍過她的相片，呈現不同的面貌。你必須尋找自己看見她的方式。」西蒙波娃與桑塔格確實是非比尋常的女性，而我們閱讀她們的生命，看見她們種種非凡的作為和選擇，最終是回到我們自身：我如何看見她？關於她的敘事，就像一面鏡子，映照出我如何看見自己。這正是我們重新認識自己的起點。

這兩位女性非常不同。西蒙波娃在一九〇八年出生於巴黎。一九〇八年，是第一次世界大戰之前的時代，可說是另一個世界了。普魯斯特的《追憶似水年華》第一冊要到一九一三年才初版。可可．香奈兒的高級訂製服裝店要到一九一八年才在巴黎開張。而法國女性要到一九四五年才享有投票權。波娃在求學時，無法與男性上同樣的學校。她母親最大的焦慮就是想把她嫁入有錢人家。波娃最好的朋友愛上哲學家梅洛龐蒂，卻因為家人反對而痛苦死去。生活在一個周遭不斷施加限制的環境中，要如何活？波娃在二十歲時的日記中寫著：「別做『波娃小姐』，做我自己。別把外界加諸於我之上的事物當成目標，別服膺於社會框架。對我來說可以的就沒問題，就是這樣。」這段話看來勇氣十足，其實是一位年輕女子在對自己精神喊話，因為周遭有太多噪音要她活成另一種樣子。

蘇珊・桑塔格出生於一九三三年的美國。她也和西蒙波娃一樣，非常早慧。她跳級進入柏克萊、芝加哥大學，二十四歲就在哈佛大學取得哲學碩士。六七〇年代的美國，已比兩次大戰前的法國開放許多。蘇珊・桑塔格聰慧而犀利的文章，知性且帶著中性美的形象，很快使她成為文化界的明星。倘若「文化明星」這個詞常帶有貶義，桑塔格卻是一位真正無愧於「巨星」地位的人物，她一生幾乎是馬不停蹄地將她的巨大能量用在關注各種公共議題並採取行動。最著名的事蹟，就是她在南斯拉夫內戰時候，親身到被圍城的薩拉耶佛中生活，與演員們一同工作，排演了《等待果陀》，用文化的力量吸引了全世界對薩拉耶佛的關注。

這樣的桑塔格（看起來那麼自信、聰明、美麗），也有她內在焦慮分裂的一面。她是一位雙性戀者，有過眾多情人，但是親密關係似乎也帶給她不少焦慮。在她們各自的時代裡，西蒙波娃引人側目的是她的開放關係，桑塔格則是她的同性戀情。西蒙波娃的《第二性》（一九四九年初版）影響了女性主義運動，桑塔格的時代背景則有七、八〇年代的同志運動。不過，不同於西蒙波娃經常在小說與自傳中有意識地揭露自己，桑塔格並不太願意公開談論自己的戀情。到九〇年代她才在訪問中說出自己有異性也有同性戀情。在《成為西蒙波娃》與《桑塔格》這兩本傳記中，能讀到她們為自身感情承受的壓力和責難。

無論是西蒙波娃或是桑塔格，聰慧如她們，活出自己、認識自己之路也並不容易。這兩位女性都有公共參與的一面，在各自時代的考驗中，基於良知而行動。如同桑塔格前往薩拉耶佛，西蒙波娃也公開譴責法國軍隊在阿爾及利亞的暴行。這樣的波娃，卻在五十歲那年寫道，她對於自己心中的五歲小女孩，「從未停止道歉或向她祈求原諒」。對世界的責任，與朝向自己內在、面對自身的迷惑、達成和解，並不相斥，反而是一種柔軟而必要的行進。桑塔格也一樣，她內心複雜而衝突，但是她說：「從一生深刻而漫長地接觸美學所獲得的智慧，是不能被任何其他種類的嚴肅性所複製的。」她不害怕承擔公共角色，但在她內在也有著深刻幽微的蛛巢小徑。

本傑明・莫瑟說：「當我們紀念桑塔格，我們就是在喚起對自由社會、對個人尊嚴的理想——並且，再一次地承諾自己會追求這些理想，即使有種種未盡人意……」我們如今也活在這樣一個時代，自由社會受到考驗，我們時時要判斷，從良知不能放棄的是什麼，要採取的行動是什麼；同時，內在的豐盈，愛或者性帶來的可能，藝術與美學，自我的探索，也在召喚著我們的生命。當我們閱讀西蒙波娃、桑塔格的生命路徑，最終映照的終究是自己：這一刻一刻，為了自己正在「成為」的那個人，我正在做出怎樣的選擇？

因為，西蒙波娃與桑塔格，都做出了她們的選擇。

超越二元對立的故事——勒瑰恩《黑暗的左手》

勒瑰恩說的故事最救贖我，而且不只一次。據說勒瑰恩有一次接受訪問，被問到「雨果獎」和「國家圖書獎」她比較想得哪一個，勒瑰恩說，諾貝爾獎。對方說，但是諾貝爾文學獎沒有奇幻和科幻的類別啊。勒瑰恩說，諾貝爾和平獎。

在我心目中，她確實就是可以得諾貝爾和平獎的人。因為真實攸關想像，而什麼是我們對和平、對安頓、對完整的想像呢？勒瑰恩的故事都是超越二元對立的故事。這樣的超越太重要了。我來說《黑暗的左手》吧。這是一個關於星際接觸的故事。

廣闊無垠的太空裡，不只有一種「人類」。一些星球結成了星際的聯盟，名叫伊庫盟。伊庫盟的各星基本上和平共處，尊重彼此不同的「人性」。伊庫盟也共組探險隊往已知宇宙之外去探險，尋找其他有「人」居住的星球。探險的目的是藉由認識和自己不一樣的人類、生命體，增進對整體「人性」的認識。伊庫盟的使者真力・艾就這樣來到了冬星，與冬星上從沒見過異星人的人類展開接觸。

伊庫盟有一套接觸的方法：雖然太空船不會只載送一個人，但初次接觸只會派一個人登陸。其餘的人留在太空船上，設定為冬眠，太空船設為自動駕駛，繞行星球，直到那唯一一位先行者從地面發出訊號喚醒整艘船。那時，太空船就會脫離繞行軌道，在這個新接觸的星球表面上著陸。之所以這樣做，背後是非常「人性」的理由：外星人大舉出現容易引起恐慌，一個人孤身而來比較容易與本地人交上朋友。當然，雙方也可能發生誤解讓事情變得危險，因此這名使者必須調動全部感官、善意，竭盡全力去和本地人交流，建立一對一、人對人的同理心。

然而風險是真的存在。主要來自「人」巨大的不同。冬星上的人雌雄同體，只在發情期生出男性或女性的器官。因此任何人都可能是男性或女性，而且在下次發情期又可能會掉換一種性別。任何人也都可能懷孕生子與讓人懷孕，會有自己懷胎生下的孩子，和由配偶生下的孩子。在這雌雄同體生物特質的基礎上，冬星的人類發展出與我們（讀者）所知非常不同的文化。在故事中，冬星的人也是第一次接觸到像伊庫盟使者真力・艾這樣，固定是男性的人，在他們眼裡，這個人就像是全天候地在發情，幾乎是個性變態。只有一位王國大臣在他身上看見了宇宙的不可思議，而願意努力去理解。接著，真力・艾捲入了冬星上兩個大國之間的競爭中，最後導致他與這名遭自己王國放逐的大臣一起展開逃亡。

冰天雪地的冬星上步步困難。兩人相依為命，在克服旅途障礙的過程中產生了真實的同理心，超越原本令人不安的差異，開始能用對方的方式思考。最終以大臣犧牲生命為代價，真力・艾獲得了冬星上大國之一的接納。只要一國接納他，另一國別無選擇也必須打開大門，因為否則伊庫盟優勢的科技就會被敵國所壟斷。太空船降落地表，人們曾經對異星的懷疑與恐懼在目睹那由天空降下的奇景時，一掃而空。

這是一個關於和平的故事。我沒有讀過比這更好的，關於和平的故事。

附錄

法庭之友意見書

憲法法庭的題綱，談到死刑制度所追求的目的有哪些，以及以死刑作為達成上述目的之手段，造成剝奪人民憲法上權力的效果，是否為我國憲法所許？在這個題目之前，請容我從自己的親身經歷，並且也是法庭上很普遍的實際情況談起。

當我們置身在法庭環境裡

二〇二三年獲得坎城影展金棕櫚獎的電影，中譯片名為《墜惡真相》（英文片名：Anatomy of a Fall），是一個關於司法審判的故事。片中女主角站在法庭上受審，她原本自信自己無罪，但站上法庭後，卻發現她過往的言語行為，被法庭解讀出另一種完全不同的涵義，點點滴滴連起來，指向一個對她不利的方向。這時，她喃喃自語道：「有東西不見了（something is missing）。」

當我在電影院中看到這段劇情時，我感到自己完全懂得她在說什麼。因為在二〇〇九年，我曾被以貪污的罪名起訴，求刑十年。官司歷時三年，二〇一一年一審無罪，二〇一二年二審無罪定讞（故宮南部分院專案管理顧問案）。在那三年中，我也無數次有過相同的感受：something is missing。檢察官拿出來的所謂證據，說了一個他認定的敘事。但實際上那些所謂證據，看似是從故宮籌備南部分院的過程中取出的蛛絲馬跡，實際上卻是刻意忽略了決策的背景、審酌的過程、合理的推估、為建立一所國際博物館而有的願景藍圖等等，是在刻意忽略、抹去了許多的情況下，才讓檢察官的敘事看起來有幾分像。

我個人遭遇過的官司案情，不是這裡主要敘述的重點。我想說明的是，我曾經切身體會到個人在法律程序中的失語。這個案子，在當年被定位為大眾矚目的「矚」字號案件。從偵查期間的訊問、到被起訴、到站在法庭上接受詰問，整個法律的過程中，我發現自己經常被打斷、被曲解，我的言行被錯誤或放大解讀。包括我說話的方式，也曾經受到不耐煩地批評。在生活中，當時的我是一位出版多部作品、也得過許多文學獎的散文作家。我所習慣的思考與說話方式，或許對於法律人而言，相對婉轉而迂迴。然而在法庭上，我的個性是不被允許保留的。我曾經被斥責：你這樣說話誰聽得懂，我們書記要怎樣記？

這種非雙向的溝通、粗暴被單方打斷的經驗，在官司初期曾經令我非常挫折。有很長一段時間，我感到自己連話都不會說了。倘若各位能夠想像：每說一句話就被批評，看見對方面露不耐，而這個人又是有權力者，他的能否理解、與是否願意理解，關乎你是否會被起訴、是否會被認定為有罪的判斷，如此有過幾次經驗後，當時的我幾乎對開口說話感到害怕。而這又是惡性循環，因為只會帶給對方更糟的印象。

我的感受就像是前述電影的女主角：法庭上雖然講求證據，檢察官看似是拿出所謂「證據」，但是分明 something is missing，卻又不讓我說完。我花了很多時間，才找回在法庭上發聲的能力——那是在被起訴之後，資料公開，我終於能夠查閱所有我在故宮簽辦過的公文時，我花了非常多的時間，把證據客觀排列，讓所有院方決策的過程、背後的理由、所憑藉的依據、徵詢過的諮商建議，完整的過程能夠一一呈現出來，證明這一切不是為貪污或圖利他人而做。

在我所經歷的案子中，身為被告方終於能夠拿出完整的事實，來駁斥檢察官認定的事實，法官也看見了事實，連我在內的五位被告獲判無罪。然而官司初期，我那有口難言、開口就被拒絕的經歷，已經在我心中留下殘酷而深刻的印象。這個經驗非常痛苦，卻無比真實。

這整個經驗使我感到：法庭不是一個能夠對於「被告是什麼樣的人」有清楚認識的地方。在法庭上呈現出來的我，並不是全部的我，也無法是全部的我，我甚至不能用我原本的方式說話。那是為了法律調查、訊問、做紀錄的需求，而被切片、有目的性地取樣的我。包括最終判決我無罪的法庭，法庭能夠判斷我無罪，但仍然並不知道我是一個怎樣的人——在我的案子裡，這樣也就足夠了。法律不是文學、藝術、心理學，法律人沒有了解我的義務，法律只要能判斷有罪、無罪，就足夠了。

但是，死刑是不一樣的。在死刑的判決上，「被告是什麼樣的人」，占著很高的重要性，是量刑、是決定一個人能不能活下去的重要基準，而且這個判斷的結果是不可回復的。其他的自由刑，雖然也受到司法人員對「被告是什麼樣的人」的判斷影響，卻不至於奪走人的生命，倘若誤判，也還有機會改正。我們經常會在死刑的判決書上，看到判決對於「被告是什麼樣的人」的斷語。在一些死刑犯的判決書上，我們會讀到，被告被認定為「泯滅人性，罪無可逭」，「人神共憤，眾人皆曰可殺」的描述。二〇二〇年，單親媽媽吳若妤殺子案，我們讀到判決書上說吳若妤「本應善盡其為母之職責，悉心扶養照護長大成人」，卻「僅因一時生活不順遂」而行兇。然而，法律真的知道吳若妤在生活中遭遇了什麼，足以對她的人生做出這樣的斷語嗎？

以我個人親身經歷為例，法庭不是一個能夠真正呈現「被告是什麼樣的人」的地方。這也不是法律人所受的主要訓練。但我們卻期待法律人用他所認定的「被告是什麼樣的人」，來做出這個人應不應該再活下去的判斷。這難道不是一種嚴重的矛盾嗎？以這種方式，造成剝奪人民憲法上權力的效果，是否為我國憲法所許？

我們必須面對：法律知道什麼，與不知道什麼？

有兩本關於死刑犯的調查作品，特別能讓我們看到，法庭對於「被告是什麼樣的人」，往往不如判決書上的斷語所宣稱的，那麼地了解、足以論定。

資深記者胡慕情歷時三年，寫出了《一位女性殺人犯的素描》這本書。她的主要報導對象是林于如——林于如在二〇〇九年時被以謀殺母親、婆婆與丈夫罪名起訴（其中有實證的只有丈夫一案），判決死刑定讞。胡慕情採訪林于如，也遍訪了所有她能夠找到的相關的人，更在經歷與林于如漫長而困難的溝通後，收到林于如長篇累牘，稿紙厚達一箱的自述。這是一本非常詳盡、也令人讀來驚心的報導文學。在林于如自白的故事中，有著家內精神疾病、自殺、家內性侵、貧窮、臨界的心智狀態、受環境影響的自我認知等等的因素。在真相面前非常自我克制的胡慕情，直到這本書的最後，仍然不敢斷言林于如究竟是個怎樣的人。然而我們透過她的調查，已經看到了與判決書、與媒體呈現有所不同的，一個更複雜、更困難的底層女性生命歷程。《一位女性殺人犯的素描》這本書的末尾提出了這個問題：「破碎的鏡面，能否映照出一定程度的實相？」我們必須誠實面對，法庭並不是一個人的生命歷程得以被完整講述、顯露出來的合適環境，對於一個殺人犯真正是怎樣的人，我們有大量的不知，而死刑判決卻以「知道她是個怎樣的人」為前提來論斷。

張娟芬的《流氓王信福》，則呈現了另一種死刑犯的樣貌。王信福案的冤案可能性非常高，目前仍在司法救濟中。他七十二歲，是台灣最高齡的死刑犯。然而影響他人生的種種外在力量，連王信福自己也無法具體陳述。在張娟芬歷時多年的調查下，才發現，王信福可說是戒嚴體制的受害者：在七〇年代，少年王信福因為留長髮、穿花襯衫、夜間晚歸，被以《違警罰法》拘留，後又被以《戒嚴時期台灣地區取締流氓辦法》送小琉球管訓，甚至被送到南橫修路，在沒有完善工地安全措施的情況下被強迫勞動。這位少年從南橫逃走，從此走上逃亡、被捕、再次送管訓、在管訓中結識流氓朋友的流氓養成之路，以及後來他因為有這些前科案底與逃亡經歷，使法庭形成對他不利的心證，使他成為冤案的受害者。王信福人生中，受到台灣戒嚴歷史影響的部分，教育程度有限的王信福自己也看不到、說不清，是在張娟芬的調查中才完整呈現。《流氓王信福》出版後，連獲台灣文學金典獎、金鼎獎的肯定，原因之一正是因為這本書揭露了一位至今仍然生活在戒嚴執法影響下的小人物的命運。這同樣是法庭在有限時間的調查中，未曾看到的部分。影響著一個人的，不只是他自己，也有時代與社會的影響，有時連當事人自己也尚未看清。我們仍然可以宣稱，在法庭上，就已經徹底知道他是一個怎樣的人，該不該被判死刑嗎？

我們在這裡，遭遇的是這樣一個事實：法律並不全知。為了社會的存續，我們定下規則，違法的人應當受到一定的處置，盡可能避免再犯。法律人受的訓練，使法律人被賦予判斷犯罪者是否犯行，是否有罪。但對於認識一個人的真正性格、影響他的重大遭遇、換作一種環境他是否有機會變得不同，這些，真的是能夠在法庭的審訊程序中確定判斷的嗎？我們應當賦予法律人，在短短數小時庭訊時間中，定奪一個人生命有沒有意義、有沒有價值的權力嗎？

如同前面所說，我個人的經驗，法庭是一個難以呈現真實自己的地方。也如同《一位女性殺人犯的素描》與《流氓王信福》所呈現，對於兩位早已被判決死刑定讞的受刑人，仍然有那麼多不被了解的地方，要等到胡慕情與張娟芬各自歷時多年研究採訪，寫出這兩本書後，我們才略能窺知他們的模糊的面貌，而法庭卻早已經對他們的生命做出斷語。其中王信福甚至是個冤案，林于如殺了丈夫雖然罪證確鑿，但是否真的殺了母親與婆婆，也是不無疑問的。

所謂死刑判決，雖然判決書中會為這個人的人性、性格做出斷語，其實並不真的知道。我們不能迴避這個事實：法律並不全知。

我們必須面對這個事實，人類是有所不知的。人類組成的群體，正是必須在這種不全知、不可能全知的情況下，設計社會制度，最大程度保護安全。然而死刑卻是在明明不全知的情況下，對一個人的生命做下彷彿全知的斷語，從而忽略從社會制度面預防犯罪的努力。

民主國家與憲法的方向

憲法是國家的根本大法。憲法法庭的決定，將會決定我們怎樣看待自己的社會。我們是一個「以不知為知」，還是一個「不知為不知」的社會？是「以不知為知」，輕易論斷一個人的生命，以致於無法實事求是看待每一片破碎鏡面映照出的實相，而忽略了檢討制度設計；還是「不知為不知」，在深知有哪些

「不知」的基礎上，實事求是地去了解每一樁犯罪的背景，深入社會漏洞，不斷改進，朝向更完善的制度設計。

這也是為什麼民主國家大多已經或正在走向廢除死刑，而極權國家則保有死刑。死刑與民主國家的基本信念，是不相容的：死刑預設了有人能夠以全知視角，從上而下斷定一個人的人生。民主國家則會面對個人與社會的有所不知，知道人是多元的、人有可能有各種面貌、人有可能在法庭上無法完整呈現和不被理解，而且人也是開放的，有可能改變的。應當努力在制度上設計去保障社會安全，防止犯罪，而不是「以不知為知」地對一個人的生命下斷語。

美國作家勒瑰恩（Ursula Kroeber Le Guin，1929-2018），是一位充滿探索精神與人文關懷的作家。她有一篇題為〈離開奧美拉城的人〉的短篇小說，這個故事描寫一個烏托邦，繁華熱鬧、人人過著快樂的生活，但是在這座城市的一個角落，卻有個孩子被囚禁在不見天日的角落受苦，不被理解，也沒有人能救贖他。倘若整個城市的繁榮，是奠基在這個事實上：只要不看、不想、不理解，就可以繼續享受城市的繁榮，你會願意這樣做嗎？這個故事提出了這樣的問題。而書中那些「離開奧美拉城的人」，是在某一天，看到了這個孩子後，再也無法繼續同樣的生活，而一個接著一個離去。美國華裔作家郭怡慧的《陪你讀下去：監獄裡的閱讀課，開啟了探求公義的文學之旅》，也是一個關於無法視而不見的故事。郭怡慧是哈佛法律學士與劍橋大學碩士，目前居住在台灣，任教於政大創新國際學院。她在美國時，曾經到美國南方的中學教書，遇見了派屈克這位學生。後來這位學生殺了人，在看守所等待審判時，郭怡慧到獄中陪他讀書。我們在這本書中，會看見這個看似人生無望的少年，如何在有人理解與陪伴之下，重新找回敘說自己，和感知世界的能力。派屈克這個人，在被給予機會，與被剝奪機會時，呈現出來的是完全不同的面貌。

倘若目前社會對於防範犯罪沒有信心，那表示的不是我們應該採用死刑，而是表示我們有很長的路要走。在向前走之前，此刻腳下的這個立足的起點，是最重要的：我們要決定自己是一個「以不知為知」，還是一個「不知為不知」

的社會；是輕易論斷我們一個所不了解的人生歷程，斷言他毫無改變的可能，以他一個人的死為整體社會的解決方案；還是願意深入了解，不斷認識社會中各種被忽視的角落，進行制度設計，來防止犯罪，與完善我們的社會。

台灣是個民主國家，但是民主國家的定義不該只停留在擁有投票權。就如戴倫・艾塞默魯、詹姆斯・羅賓森所著的《自由的窄廊：國家與社會如何決定自由的命運》這本書所說的，「自由」並不是一個固止不動的狀態，而是國家與社會因應時代挑戰不斷向前進，「民主與社會控制同時強化、社會與國家能力同時提高」，否則有無數的國家，都曾短暫進入「自由的窄廊」，之後又在民粹、極權的吸引下，掉出那窄廊。這並不是危言聳聽，在我們的時代，國際上已有太多的例子見證了民主的脆弱。民主國家要長遠保有民主與自由，強大的公民社會，與強大的國家能力，缺一不可。將被排拒在外、不被理解而輕易被斷言生死的人們，也納入考慮，不是因為「愛犯罪者」（這是許多死刑支持者習慣批評廢死倡議者的話），而是為了我們社會的自身，因為走在自由的窄廊中，我們需要持續升級我們的民主，建立比現在更廣納與更安全的社會。這正是我們生活在當下這個時代，所面對的挑戰，也是責任。

註：二〇二四年一月，憲法法庭公告受理死刑釋憲案後幾天，我收到張娟芬傳來的訊息，問我是否願意寫一篇法庭之友意見書。我說好。經律師上書狀申請，法庭同意我為法庭之友，可以提交意見書。我在四月完成遞交，也就是這篇文章。在這篇文章中，我提到人生中一段對我而言很特別的時光，即是我捲入了一樁官司的時期。多年來我經常被人問起這件事，有同情，有好奇。那時的我，覺得自己過得很艱難。但隨著無罪宣判，事件落幕，時間點點滴滴過去，這件事對我而言的意義，已漸漸從負轉成了正。對如今的我而言，這件事終究成了我的啓蒙，它讓我看到了那些，若非有此經歷，我可能永遠不會看到、或要花上更多時間才能看到的事物。

國家圖書館出版品預行編目 (CIP) 資料

與我平行的時間/張惠菁著. -- 初版. -- 臺北市：遠流出版事業股份有限公司, 2025.03
面；　公分

ISBN 978-626-418-088-7(平裝)

863.55　　113020103

與我平行的時間

作　　者｜張惠菁

副總編輯｜陳瓊如
校　　對｜魏秋綢
行銷企畫｜林芳如
封面設計｜朱疋
內文排版｜宸遠彩藝工作室

發 行 人｜王榮文
出版發行｜遠流出版事業股份有限公司
地　　址｜104005台北市中山北路一段11號13樓
客服電話｜02-2571-0297
傳　　真｜02-2571-0197
郵　　撥｜0189456-1
著作權顧問｜蕭雄淋律師
初版一刷｜2025年03月01日
初版二刷｜2025年04月23日
I S B N｜978-626-418-088-7
定　　價｜新台幣380元

YLib.com 遠流博識網　http://www.ylib.com
Email: ylib@ylib.com